書下ろし

乱雲の城

風の市兵衛⑫

辻堂 魁

祥伝社文庫

目次

『乱雲の城』の舞台

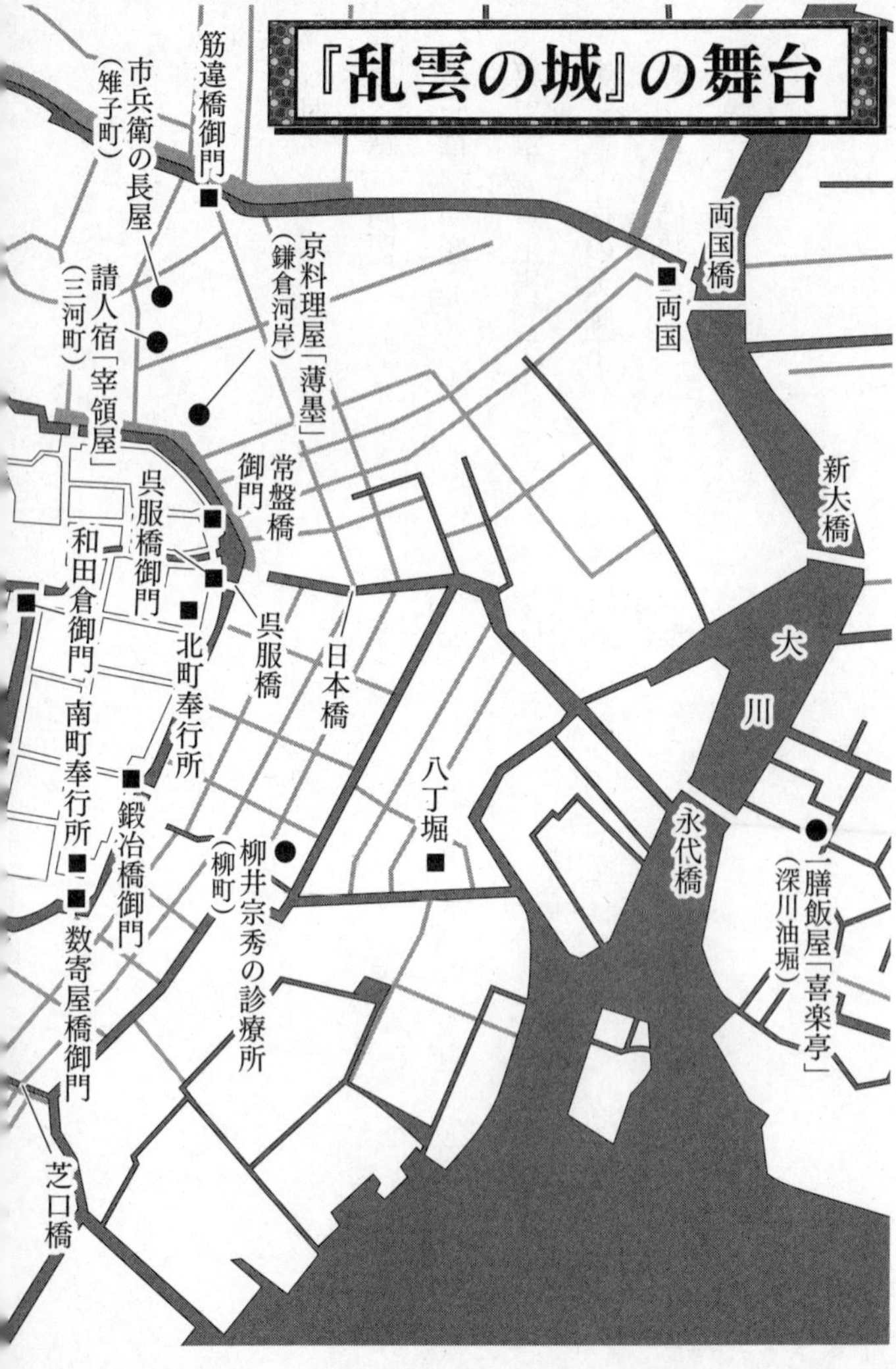

両国橋
両国
新大橋
大川
永代橋
一膳飯屋「喜楽亭」（深川油堀）
八丁堀
日本橋
柳井宗秀の診療所（柳町）
京料理屋「薄墨」（鎌倉河岸）
常盤橋御門
呉服橋
呉服橋御門
北町奉行所
筋違橋御門
市兵衛の長屋（雉子町）
請人宿「宰領屋」（三河町）
和田倉御門
南町奉行所
鍛冶橋御門
数寄屋橋御門
芝口橋

神田川
小石川御門
牛込御門
清水御門
田安御門
一ツ橋御門
北の丸
江戸城
本丸
二の丸
三の丸
市谷御門
四谷御門
片岡家屋敷（諏訪坂）
半蔵御門
吹上
紅葉山
西の丸
西の丸下
馬場先御門
喰違御門
赤坂御門
山王門前町
外桜田御門
日比谷御門
虎之御門
溜池
伊勢・門部家上屋敷
山下御門
幸橋御門
御用屋敷
目付・左池帯刀屋敷
愛宕下広小路
京銘菓処「露庵」（宇田川町）
北
東
西
南

序章　同盟

一

数ヵ月前の去年の冬のことである。

わずかな供ぞろえの御忍駕籠《おしのびかご》が虎之《とらの》御門外へ出て、愛宕下広小路《あたごしたひろこうじ》の方へとっていた。冷たい北風が、ときに強く、ときに弱く吹く日だった。

徳川《とくがわ》初代将軍・家康《いえやす》が江戸城入城を果たした天正《てんしょう》（一五七三〜九二）のころ、虎之御門から幸橋《さいわいばし》御門のあたりは、まだ日比谷《ひびや》入り江と言われていた入り江の開口部だった。

通りをゆく御忍駕籠は、虎之御門外界隈《かいわい》の三斎《さんさい》小路を抜け、次に桜《さくら》川に沿った広小路の通りと愛宕下大名小路を東西に結ぶ田村《たむら》小路へ至った。

小身《しょうしん》の旗本屋敷が多く列《つら》なるため、一名、小身小路とも言われている通りの旗本屋敷に挟まれた一画に、伊勢《いせ》七万石《ごく》の譜代大名・門部伊賀守邦朝《もんべいがのかみくにとも》の江戸上屋敷が、片《かた》庇《びさし》両番所の長屋門をかまえていた。

御忍駕籠が門部家の長屋門へ近づいたとき、門扉《もんぴ》はまるで待ちかまえていたかのように静かに開けられ、御忍駕籠が番所に声をかけず邸内へ消えると、すぐにまたひっそりと閉じられた。

そうして門前は、白い日差しが落ちる冬の静寂に包まれた。

小路をいき交《か》う人影は見えず、鳥の声も聞こえなかった。ただとき折り、強く弱く吹く風が、屋敷の木々の枝葉を寒々と鳴らしているばかりだった。

それからしばらくののち、邸内中奥書院に当主・門部伊賀守邦朝と、御前下座に畏《かしこ》まる御忍駕籠の客、公儀奥祐筆組頭《おくゆうひっくみがしら》・越後織部《えちごおりべ》の姿があった。

邦朝の傍《かたわ》らにはお側用人の宝部治右衛門《たからべじえもん》が控えているのみであり、邦朝は刀持ちの小姓《こしょう》さえ次の間に下がらせ、室内には三名のほかに人の姿はなかった。

中庭を廻《めぐ》る落ち縁の、長庇の影を映《うつ》す黒塗り桟《さん》の明障子《あかりしょうじ》と、次の間とを仕切る丁《ちょう》子引《じび》き唐紙《からかみ》がしっかりと閉じられた中、もうかれこれ四半刻《しはんとき》（約三十分）ほども三名の声が低く流れていた。

邦朝は赤ら顔に肉厚な頰《ほお》の下の顎《あご》が妙に細く、おちょぼ口の唇を開けたままにして三白眼《さんぱくがん》で人を睨《にら》む癖のある、三十代半《なか》ばをすぎたばかりの壮年だった。

対座する越後織部は痩身《そうしん》に色白、四十四、五の相貌《そうぼう》に見えた。

ただその年ごろにしてははや白髪《しらが》、面長《おもなが》の二重《ふたえ》の目尻に皺《しわ》が目だち、当主の邦朝にであれ、同年配と思われるどこと言って特徴のない顔だちの宝部にであれ、言葉をかえす際に冷笑まじりになるのが、人を見下すことに慣れたこの男の癖であった。

「あの者の利口ぶった物言い、傲岸不遜《ごうがんふそん》な応対は鼻持ちなりません。ご城内で顔を合わせるたび、仕種《しぐさ》のひとつひとつが癇《かん》に障《さわ》って、気分が悪くなります。ふん……まったく性質《たち》の悪い、人を不快にさせるのがあの者の持って生まれた性根《しょうね》と言うべきでしょう。そう、あの者は蠅《はえ》に似ておりますな。ごみ溜《ため》にたかる蠅でございます」

と、越後が薄笑いを邦朝の膝《ひざ》のあたりへ投げつつ、これもこの男の癖である幾《いく》ぶん早口に言った。

宝部が、まことに、というふうに頷《うなず》き、邦朝は越後を見据《みす》える三白眼を、またたかせもしなかった。

「あれしきの者が、おのれを有能で、御公儀をとり仕きり政《まつりごと》を導いておると、思いこんでおるのです。あの甚《はなは》だしき勘違いには、呆《あき》れ果てるほかはございません。要するにあの者、頭が悪いのです。とうに隠居をしてよい年ごろにもかかわらず、いまだ役目に貪着《とんじやく》する姿はみっともない。老醜《ろうしゅう》を曝《さら》しておるおのれがどれほどみっともないか、見えておらぬのでございましょう」

「さような者をのさばらせておく御公儀の御目付衆《おめつけ》も、だらしないと申せば、だらしのない話でございますな。御公儀には、ほかに人物がおりませんのですか」

宝部がへつらうふうに、越後へ小首をかしげた。

「優《すぐ》れた者は幾らもおります。ですがあの者、少々、上《うえ》さまの覚えがめでたいのを鼻にかけておるのです。よくは存じませんが、あの者の父親の賢斎《けんさい》という男がやはり御目付筆頭格として辣腕《らつわん》をふるったと、聞いております。なあに、ただ三河《みかわ》恩顧の旗本というだけで、中身などございません。家柄の引きで二十代にして御目付役に就《つ》き、いたずらに歳《とし》を重ね、今や御目付部屋に腐臭を垂《た》れ流しておるのでございます」

「はあ、三河恩顧で、ございますか」

宝部がわずかな落胆を表情に出し、邦朝は不機嫌を隠さずに三白眼を中庭の明障子へそらした。

「馬鹿ばかしい。家柄で政ができますか。実情は、力ある者が御公儀を支え、動かしておるのです。ああいう家柄にすがって威張っておる輩《やから》は、力ある者が政を操《あやつ》っております実情や仕組を呑《の》みこめぬゆえ、おのれを有能と思いこんでいる、ある意味では気の毒な偏頗者《へんぱもの》でございます」

越後はそう言って鼻梁《びりょう》に皺を寄せ、鼻息のような嘲笑《ちょうしょう》を対座する邦朝との間へ余裕たっぷりに流した。

「殿さま、あれしきの者をお気になさることは、ございませんぞ。いっときは足踏みが続いたとしても、遠からず、真《まこと》に力ある者がご政道には求められるのでございます。時節が力ある者を求めるのですし、また求めなければなりません。それが時節というものの、摂理でございますゆえ」

「だが越後どの、あの男がおる限り、わたしは老中職に就けぬ。時節とはいつだ。いつまで待てばよいのだ」

邦朝が越後へ向きなおり、高い声をひそめて言った。

「そろそろ動き出すころ合いかな、と計っておるところなのです。多くの方が、殿さまが御老中に就かれるときをお待ちでございましょう。わたくしとて、殿さまの政が行われる世を心待ちにしておる、ひとりでございます。しかしながら、ここで拙速は禁物ですぞ。慌《あわ》てず騒がずに、でございます。方策はすでにたてております。何とぞお任せを願います」

越後は邦朝へ頭を恭《うやうや》しく垂れた。

「越後どの、その方策なるものをお教え願えませんか。わが殿さまの宿願はいつ、どのように成就《じょうじゅ》いたすのか、それをおうかがいするため、本日、お越しいただいたのでございます」

「急《せ》いて事を仕損じては、元も子もなくしかねません。まずは、あの者をとり除くことが初めの一手でございましょう。邪魔者をとり除いたのち、殿さまのお望み通りに駒《こま》をお進めになられればよろしいのです。そこで、どのような……」

越後は勿体《もったい》をつけて、明障子や唐紙を見廻し外の気配をうかがった。それから身を前へかしげるようにして、声をさらに落とした。

越後の幾ぶん早口な囁《ささや》きが書院内にひそかに流れ、邦朝は三白眼におちょぼ口を開いたまま声もなく聞き入り、宝部は唇をへの字に結んだ顔を漫然と越後へ向けていた。

六千坪はあろうかという邸内は、静まりかえっていた。人の気配は途絶え、ただとき折り吹く北風が、邸内の木々を寂しく騒がせるのみだった。

門部家は三河以来の徳川恩顧の譜代ではなかった。

老中職および若年寄《わかどしより》は、例外はあるが、徳川恩顧の譜代のうち十万石以下の大名でなければ就けなかった。大老《たいろう》をおかぬときは、三人、五人、ないしは七人ほどがおかれる老中職が、合議によって公儀の政を執《と》り行う役目であった。

老中を御執政、若年寄を御参政と呼んだ。

門部邦朝は外様《とざま》大名だったが、譜代の大名にしか就けぬ老中職を望んだ。

願い譜代、というのがあった。

外様大名であっても将軍の覚えが極《きわ》めてめでたい者、あるいは寺社奉行役などで抜群の働きを認められた者などが、願いによって譜代大名に準ぜられる場合がある。

五年前、外様大名・門部家の年来の願いが許され、門部家は譜代になった。

奥祐筆組頭の越後織部が、さして目だつ功績のなかった外様大名・門部家の願い、すなわち譜代大名に準ぜられるための様々な働きかけの、陰の仲介役の労をとり功を奏したからである。

奥祐筆は、将軍が政務を執る黒書院《くろしょいん》近くに詰所があって、機密文書をとり扱う役目を負《お》っていた。大名旗本の公儀の人事について将軍に意見を述べ、営繕土木の課役などは、事実上、奥祐筆が人選した。

この節、台所事情が苦しいどの大名諸家にとっても、公儀の土木営繕を課せられる事態は、お家の台所事情を破綻《はたん》させかねない一大事であった。

ゆえに、大名諸家はみな奥祐筆に睨まれることを恐れ、老中すら一目《いちもく》おいた。高々職禄《しょくろく》二百俵《ぴょう》の奥祐筆の力が増した。《お役逃れ》のために賄賂《わいろ》が横行した。

門部邦朝は、その奥祐筆の組頭である越後織部との結びつきを強めたことで、邦朝の望む老中職に就く資格を得たのである。

むろん、お家の台所事情に支障をきたすほど金を使った。

そうして、宿願の老中職に就く機会が廻ってきたのが、譜代に準ぜられて五年後のこの春だった。だが……

黒塗り桟の明障子が風に打たれ、ごと、ごと、と小さな音をたてた。

「これであの者は、間違いなくお役御免になるでしょうし、わたしの目ろみでは、評定所に引き出され、ご裁断によって閉門、事の次第によっては蟄居《ちっきょ》もあり得るかと睨んでおります。ただのお役御免では面白《おもしろ》くはございません。このたびの殿さまの邪魔だてをした相応の罰を、受けてもらわねば……」

越後は鼻先でせせら笑った。

邦朝は小さく頷いたが、宝部は眉間《みけん》に不安げな皺を刻んだ。

「そこまでやって、大丈夫でございますか。やりすぎは、その分、相手方の強い反発を招く事態になりますからな」

　すると邦朝が、宝部へ不快そうな表情を向けた。

「あ、いや、わたしはただ……」

　宝部は口を噤《つぐ》み、うな垂れた。越後はお側役にしてはいささか小心な宝部に、「あは……」と笑いかけた。

「政は戦《いくさ》と同じでございます。戦場の駆け引きで、兵を惜しんで小出しにし、逐次《ちくじ》投入するのが最も拙劣な采配《さいはい》です。退《ひ》くときは退く。進むべきときは断固進む。進むべきときに、その第一手を怯《ひる》んでいては、事は成就いたしません」

「さ、さようですな。何とぞ、越後どのの手だて通りに。お任せいたします」

「それと、心配というのではありませんが、ひとつ気がかりがございます。あの者に庶子《しょし》の弟がおり、その弟が市井《しせい》に身をおき、あの者の江戸市中における耳目、密偵の役割を果たしておるという噂《うわさ》を耳にいたしました。市井の事情となりますと勝手が違い、わたしどもに探る手だてがございません。門部家のお力で、そちらのお調べの方をお願いできませぬか。ま、あくまで念のため、ではございますが」

「庶子の弟が？　密偵の働きをしておるのか」

　と、邦朝の高い声がかえした。

「詳《くわ》しい事情は、いまだ、つかんでおりません」

宝部――と、邦朝が三白眼を宝部に投げた。

「と、なりますれば、やはり《露庵《ろあん》》でございますかな」

宝部が答えると、邦朝は赤ら顔をさらに赤くして「露庵か」と、低くうめいた。

越後が冷笑を絶やさず、宝部に言った。

「ふむ。そのうえでこののち、思わぬ費《つい》えが重なる事態を覚悟していただかねばなりません。家中のことは、宝部どののお働きにかかっております。弾《たま》がのうては、鉄砲が放てぬことに相なります……」

「はい。なんとか、できると思います」

「なんとかしていただかねばなりません。さすれば殿さま、不肖《ふしょう》越後織部、次こそはご満足いただけるご報告をいたす所存で、ございます」

「頼んだ」

邦朝の三白眼が、越後にからみついて離れなかった。

一刻（約二時間）後、越後織部の御忍駕籠は、桜川に沿って北へとった。

日が西に傾きいっそう冷えこみの厳しくなる中、御忍駕籠は虎之御門ではなく、門外に近い御用屋敷へ向かっていた。

土塀《どべい》の囲いこみになった敷地内に長屋が並ぶ御用屋敷は、公儀御庭番《おにわばん》の官宅である。

公儀は御庭番より職掌《しょくしょう》の漏洩《ろうえい》を防ぐため、散宿を禁じ一同に居住する官宅を与えていた。このような御用屋敷は、日比谷御門外と雉子橋《きじばし》御門の内にもある。

御庭番は、老中、若年寄、目付の下命を受ける。ただし、最重要の極秘の事柄は将軍に拝謁《はいえつ》し、直《じか》に命《めい》を拝し、また報告する。

その場合、お目見《めみえ》以上の御庭番は将軍膝下《しっか》に進むことを許された。

しかしながら、お目見以下の御庭番は、特殊な職掌ゆえ制外として竹箒《たけぼうき》を手にして御駕籠台下にいたり、下座叩頭《げざこうとう》をもって御障子《み》の中より台命《たいめい》を受け、また報告は御障子の中へするのである。

むろん、越後織部の御忍駕籠は御用屋敷の門はくぐらなかった。虎之御門外のお堀堤の柳の下に停まり、まるで網代《あじろ》の引戸の隙間《すきま》から水面《みなも》に浮かぶ水鳥を眺めるかのように、西にだいぶ傾いた赤い日差しを浴びたのだった。

ほどなく、納戸《なんど》色の羽織に茶袴《ちゃばかま》と深編笠《ふかあみがさ》をかぶった侍が御用屋敷より現われた。

それを機に、御忍駕籠は再びゆるやかに進んだ。

深編笠の侍は御忍駕籠に歩調を合わせ、虎之御門外からお堀堤を葵《あおい》坂の方へとっていった。そうして、さり気なく御忍駕籠の供侍のひとりのようにまぎれ、御忍駕籠のそば近くを歩み始めた。

菅笠《すげがさ》の供侍が、三人の轎夫《きょうふ》がゆらす駕籠の前をゆき、挟箱《はさみばこ》を担《かつ》いだ中間《ちゅうげん》は駕籠の後ろに従っている。堤の柳並木が、冷たい風にゆれていた。

「そろそろ、ころ合いです。お気持ちに変わりはありませんか」

網代の引戸をへだて、越後の幾ぶんの早口が言った。

「むろんです。斬りますか」

深編笠が、駕籠の中にしか聞こえぬほどの声をかえした。

「先走ってはなりません。まどろっこしいかもしれませんが、わたしの指図に従ってください。始めるのは、入念に支度《したく》を整えてからです。しかし、一旦動き始めたら躊《ちゅう》躇《ちょ》なく進めねばなりません。わたしの調べたところ、存外にあの者の息のかかった配下が多い。そのときには、あなたの力がどうしても必要になります」

「所詮《しょせん》、目付ひとり。息のかかった者など、知れている」

「ただ倒すだけなら、あなたほどの腕があれば、さほどむずかしくないのはわかります。ですが、そういう荒っぽい手ではこちらもかえり血を浴びかねない。それではあの者を斬っても、勝ち戦にはなりません。慎重に確実に事を進めて、斬られるよりももっとつらい目を、あの者に味わわせてやるのです。その方が、あなたにとっても面白いのではありませんか」

「そうかもしれませんな。そのときが楽しみだ。ですが、あとどれほど待てばよろしいのですか」

「童子《どうじ》のころ、大好きな菓子は急いでは食べずに我慢しました。菓子を美味《おい》しく食べる楽しみを待つときを、少しでも長くするためです。楽しみは、先へのばした方が大きくなります。しかし待つのは、我慢と楽しみがちょうどいい具合に釣《つ》り合うときまでです。それより早すぎても遅すぎてもいけません。それが菓子を一番美味しくいただけるときなのです」

深編笠の下で、侍がくぐもった笑い声をもらした。

御忍駕籠はお堀に沿ってのぼる葵坂下を通りすぎ、武家屋敷の間の道を南西へ抜けて汐見《しおみ》坂下に差しかかっていた。

「ではまた改めて、お知らせいたします。今日はこれにて」

越後が網代の引戸をわずかに引いて、侍を見上げた。

侍は坂下に立ち止まり、越後に辞儀を投げた。

駕籠は汐見坂へ折れ、かすかに軋《きし》みながら溜池《ためいけ》の方へのぼっていった。越後は網代の引戸をさらに引き、冷笑を浮かべた顔をのぞかせ、見かえった。

坂下には、深編笠の侍が赤い西日を浴びて佇《たたず》んでいた。

二

江戸城の表と中奥の境目《さかいめ》に、中奥御錠口《おじょうぐち》がある。

御錠口を挟んで中奥側に老中御用部屋と若年寄御用部屋、表側に奥祐筆詰所、当番の大目付や目付、三奉行ほか諸奉行が詰める中之間《なかのま》、表祐筆詰所が並んでいた。

将軍が一般政務を執る黒書院が、中奥と御成《おなり》廊下をへだてた表側のこの一帯近くにあって、黒書院そばの溜之間《たまりのま》には会津《あいづ》や高松《たかまつ》、井伊《いい》家などの有力大名が将軍の相談役として詰めていた。

すなわち、御錠口があるこの一帯、中奥と表をつなぐ中間あたりに公儀の中枢《ちゅうすう》機関が集められている、と言ってよかった。

数日後、同じ冬のある午後である。

中之間より中奥御錠口へいたる新番所前の西側、新番所前をへだて新御番詰所と向き合う御用談所に、奥祐筆組頭・越後織部と十人目付のひとりである左池帯刀《さちたてわき》が、神妙に対座していた。

二人共に将軍の御前に出てご下問をいつでも受けられるよう、越後は紋付の濃紺《のうこん》の裃《かみしも》、左池は同じく紋付の黒裃である。

御用談所は、二人の吐息が聞こえるほどに静かであった。

つい先ほど、新番所前を表坊主の人払いに導かれて老中・水野出羽守《みずのでわのかみ》が通りすぎたあとは、やりとりをする協議の声も高笑いも聞こえてはこなかった。

越後織部は膝の上で手にした尺扇《しゃくおうぎ》を口へあてがい、軽い咳払《せきばら》いをした。そして、

「……そういうことなどが続きますと、上さまもお言葉には出されませんが、近ごろは彼《か》のご仁を少々うとましく思っておられるご様子が伝わってまいります」

と、続けて言った。

「彼のご仁は、上さまの御前にありながら、周りへの気配りが足らぬと申しますか、ご列席のご重役方の不興が読めぬと申しますか、まあ、有り体《てい》に申し上げれば、気《き》性《しょう》が相当に鈍重なご仁と申さざるを得ません。不快はそれのみではありません。左池どのもご経験がおありと、うかがっておりますが……」

左池帯刀は眉《まゆ》をわずかにひそめ、困惑気味に頷いた。

「御目付筆頭格というお立場をよろしいことに、声高《こわだか》に埒《らち》もなくおのれの考えを披瀝《ひれき》

なされ、でありながら他の意見や申し入れには揚げ足をとり、相手が上席でなければ容赦《ようしゃ》なく怒声を浴びせ、陰に廻っては悪口、嘲《あざけ》り誹《そし》り、血筋卑《いや》しからぬお家柄とも思えぬ、謙虚さも品格もないこと夥《おびただ》しい。ご同役の左池どのにこう申すのはなんでござるが、このままでは天下の御目付役の面目《めんぼく》を潰《つぶ》すことになりませんか」

越後は尺扇を二折りほど開き、膝をゆるやかに叩《たた》いた。

尺扇の音が両者の短い沈黙を埋めた。

「彼のご仁の周囲への気配りのなさを見せつけられますと、癇に障ってどうしても好きになれない。と申しますか、わたしには堪《た》えがたい。しかも人間、五十をすぎれば後に続く者に道を譲る配慮、度量の大きさがあってしかるべきです。なのに、おのれの地位にしがみつく妄執《もうしゅう》には、畏《おそ》れ入る。近ごろ聞いた噂では、彼のご仁は御目付部屋ではだいぶ孤立なさっておられるようですな。そうなのですか」

「ええ、まあ……生来、ひとりよがりなご気性の方ですから」

左池は越後との間の畳《たたみ》へ目を落とし、決心のつきかねる様子で言った。

「なるほど、ひとりよがり、ですか。いかにもでござる。ああいう大して力はないのに、家格や血筋を盾《たて》にとって独善を押しつけてくるご仁には、疲れさせられるでしょうな。ご同情申し上げます」

「確かに疲れますが、いたし方ありません。何しろ向こうは上席ですので」

「しかしながら、左池どの、仕事は中身ですぞ。家格や血筋で仕事ができるなら、女子供にでもできるということだ。女子供に、御公儀の仕事が勤まりますか。左池どのほどの力ある方が、彼のご仁の下座《しもざ》に甘んじておられるのはおかしい。御公儀にとって損失であると、申さざるを得ません」

「そのように認めていただけるのは、まことにありがたいことではありますが、わたしに何ができるのでしょうか。越後どのはわたしに何をせよと？」

「ですから、彼のご仁にいつまでものさばらせておかず、左池どのが御目付役筆頭格として采配をふられ、近ごろ箍《たが》のゆるんだ御目付部屋に一本、筋を通されてはいかがですか。御目付部屋の綱紀粛正を断行し、力ある者が存分に力を発揮できる、そういう御目付役本来の姿をとり戻すのです」

「のさばらせて、ですか」

「これは失礼。言葉がすぎました。あまりに不快なものですから、ついとり乱してしまいました」

越後は尺扇を口元へあて、冷笑を浮かべた。

「あの方が居据わっておる限り、簡単にはいきません。常日ごろ、どうにかせねばならぬとは、思っておるのですが……」

「彼のご仁を、とり除けばよろしいではありませんか」

左池が唇をへの字に結んで、越後を見つめた。そして言った。

「そんな手が、ありますか」

尺扇を口元へあてたまま、越後は頷いた。

膝をすすめ、上体を左池へわずかにかしげた。

「この間、彼のご仁にかかわりのあった仕事を丹念に見なおしたのですよ。二年前、両国橋《りようごく》の営繕が行われました。課役は丹後《たんご》の瀬土《せど》家でした。事実上、わたしが選んだのですから、よく覚えております。改めて調べてみますと、当時の入費《にゆうひ》を見る限り、思った以上の大がかりな営繕だった。そんな大がかりだったかと、ふと疑念が湧《わ》きました。先日、瀬土家の留守居役に会いましてな……」

越後のひそめた話し声が、御用談所の静寂を乱した。猥《みだ》らで、いかがわしい気配が御用談所に漂《ただよ》い流れた。

新御番詰所から詰めていた番衆が、新番所前に出て中之間へゆく足音がした。

左池は口を挟まず、怪しい気配を追いかけるように部屋の中へ目を遊ばせた。

「あらましは、そんなところです。いかがです、左池どの。それ以上の詳細について探るのは、わたしの立場ではむずかしいのです。手を貸していただけませんか。有能な御目付役に調べていただけば、思いもよらぬ事態が持ち上がるかもしれません。仮に持ち上がらなかったなら、われらで持ち上げるとか……」

越後の話に左池は答えられず、ただ息苦しげにうなった。

そこまで言ってから越後はつめていた息を吐き出すように胸を反《そ》らせ、手にした尺扇を音をたてて閉じた。

「そうそう、これも噂で近ごろ聞いたのですが、彼のご仁は隠居をしていい年齢にもかかわらず、子ができるそうですな。なんでも、来年の春か夏あたりとか。老いて盛んなものです。相手は卑しい料理屋の女らしい。御目付役が料理屋の女ごときと、埒もない仕儀ですな。家格だの血筋だのと申しても根が卑しいのですよ、彼のご仁は」

あっ、あっ……

と、越後は垂れて皺が刻む喉《のど》の肉を苦しげにふるわせ、しゃくり上げるような笑い声を吐き出した。

第一章　初恋

一

それから数ヵ月がたった。

麴町《こうじまち》五丁目大横《おおよこ》町より赤坂《あかさか》御門へくだる諏訪《すわ》坂にある片岡《かたおか》家では、その日、旗本千五百石《こく》の当主であり公儀十人目付《めつけ》筆頭格・片岡信正《のぶまさ》の婚礼披露が、内輪《うちわ》の者によってごくごく控えめに執《と》り行われた。

妻となる女は、寄合小普請《よりあいこぶしん》・橘龍之介《たちばなりゅうのすけ》養女となった佐波《さなみ》である。

夫となる片岡信正は五十を幾《いく》つかすぎ、妻となる佐波も四十に届いていたが、花婿《はなむこ》の濃縹《こいはなだ》の裃《かみしも》、花嫁の紅梅の綿入《わたいれ》、幸菱《さいわいびし》の小袖《こそで》に装《よそお》った扮装《ふんそう》は《愛《いとお》しき男》と《愛しき女》の若き日と変わらぬ清々《すがすが》しくも微笑《ほほえ》ましい、まさに似合いの夫婦であった。

しかも佐波はすでに身ごもっていて、幸菱の小袖の下は臨月の近さを思わせるかのようにふっくらとふくらんでいたものの、それさえもが、厳《おごそ》かな神々《こうごう》しさに花婿花嫁を包んでいるかに見えた。

控えめな婚礼ながら作法に則《のっと》り、嫁入りの輿《こし》を迎え受けとり、門には燎火《にわび》を焚《た》いて輿を迎え、挙式の座敷の床に立花《たてばな》、置鳥《おきとり》を飾り、瓶子《へいじ》一対《つい》を供え、蛤《はまぐり》の吸物が出され、三々九度の盃《さかずき》と、儀式は滞《とどこお》りなく続いた。

上座に並んだ信正と佐波の両側に仲人《なこうど》、片側に片岡家の縁者、片側には佐波の養家の橘夫婦、片岡家に所縁《ゆかり》のある賓客《ひんきゃく》、信正配下の徒目付《かち》組頭《くみがしら》や徒目付がつらなり、その末席に佐波の父親である料理人の静観《せいかん》がついていた。

儀式が終わって広間では、京料理の料理人で鎌倉河岸《かまくらがし》に料理屋の《薄墨《うすずみ》》を娘の佐波と共に営《いとな》んできた静観が、とうとうきた佐波の晴れの日に腕をふるい、信正の人柄を思わせるなごやかな披露の宴《うたげ》が続いた。

控えめ、とは言っても、上さまですら「信正……」と名を呼ぶほど覚えのめでたい目付・片岡信正の婚礼ともなれば、諸奉行や若年寄《わかどしより》、懇意《こんい》にしている大名の使いである祝賀の訪問客、出入りの商人よりの祝いの品々があとを絶たなかった。

そうして、同役の目付衆からも「内輪の形だけの披露ゆえ」と気遣《きづか》いを断ったにもかかわらず、やはり様々な祝いが届けられた。

さらに宴のたけなわに、上さま始め御老中方の使者により祝儀がもたらされたときは、使者を迎えて屋敷中が大騒ぎになった。

その披露の宴に次々と訪れる客を表門で出迎え、宴席に案内する家士、若党、中《ちゅう》間《げん》に女中、さらに下男下女《げなんげじょ》までをまとめて差配している白無垢《しろむく》裃の二人の侍がいた。

ひとりは、大きな頭へ総髪を絞《しぼ》って小さく結った髷《まげ》を乗せ、窪《くぼ》んだ眼窩《がんか》に光る目、両頰骨《ほおぼね》の間のひしゃげた獅子鼻《ししばな》、頰の下に張った顎《あご》、左右に裂けた口と瓦《かわら》をも噛《か》みくだきそうな白い歯並を見せる、身の丈五尺（約百五十センチ）少々の岩塊を思わせる短軀《たんく》だった。

見慣れぬ客は侍の風貌《ふうぼう》に一瞬怯《ひる》むが、風貌に似合わず実は愛嬌《あいきょう》のある気性《きしょう》を知る顔見知りの客たちは、侍と気安く挨拶《あいさつ》を交《か》わし、共に賑々《にぎにぎ》しい対話や磊落《らいらく》な笑い声を門内にあふれさせるのだった。

一方、今ひとりは五尺七、八寸（約百七十四センチ）近くと思われる長身瘦軀《そうく》の侍だった。やはり総髪に一文字《いちもんじ》髷を結い、下がりぎみの眉尻《まゆじり》によってやわらいだ奥二重《おくぶたえ》の眼差《まなざ》しから鼻梁《びりょう》のやや高い鼻筋が通った下に、髭《ひげ》の剃《そ》り跡も青い口元がひと筋に締《し》まっていた。

そのひと筋の口元にのどか な笑《え》みを浮かべ、唇の間に白い歯を光らせるとき、白皙《はくせき》に淡く朱を刷《は》いた相貌を優しげでどこか童子《どうじ》のようなあどけなさが彩《いろど》るのは、侍の性《しょう》根《ね》の奥深さゆえかもしれなかった。

だが、当の侍はそんなおのれに気づいていないふうであり、そうしてまた、侍を見知らぬ客の誰もがふりかえり、

「あれはもしかして、片岡どのの末弟といわれる……」

「ああ、あれが片岡家を出たと噂《うわさ》の……」

と言い合うのも、侍の気配が周りを気にさせずにはおかない何かをかもしていたからだが、むろん侍はそれにも気づいていなかった。

訪問客が一段落したとき、短軀の侍が隣《となり》の背の高い侍へふり向き、見慣れると存外可愛《かわい》げのある笑みを投げた。

「やはりな、お頭のご婚儀が内輪だけで収まるとは思っていなかった。これでは佐波さまもお疲れであろう」

「わたしもこれほどとは思わなかった。兄上の立場もある。仕方があるまい」

「片岡家ほどの大家《たいけ》の婚礼なら普通は三日は続くが、このたびは佐波さまの身重を気遣われ、内輪だけの一日限りになされたのだが、それがかえって今宵《こよい》ひと夜に多くの

祝賀の訪問客を招くことになったようだ」

「お城から使者がきたときは、少々驚かされたよ」

「お頭ならばこそだな。婚礼は今宵限り。市兵衛《いちべえ》、今夜は呑《の》み明かすぞ」

「うむ、弥陀ノ介《みだのすけ》。おぬしと呑み明かすのは久しぶりだ」

市兵衛、弥陀ノ介、と言い合った二人の笑顔を燎火が赤々と照らしていた。

そこへ、唐木《からき》家の若党の小藤次《ことうじ》が駆け寄ってきた。

「市兵衛さま、返《かえり》さま、休憩《きゅうけい》をおとりください。殿さまが、市兵衛さまと返さまがちゃんと食べているかと、気になさっておられます。茶の間に膳の支度《したく》をいたしております。お言葉に甘え、わたしどもはお先にいただきました。ここはわたくしが代わります。さあ、どうぞ、ごゆるりと」

兄の片岡信正と十五、歳《とし》の離れた弟・唐木市兵衛と信正配下の小人《こびと》目付・返弥陀ノ介が顔を見合わせた。

「お頭らしい。今日のようなめでたき日にわれらへ気遣いなどご無用なのにな。ならば市兵衛、休憩とするか。腹も減ったし喉《のど》も渇《かわ》いた」

客の出迎えを小藤次に任せて勝手へ廻《まわ》り、茶の間に支度されている膳についた。

台所では、今宵のために手配した料理人や下働きの下男下女を静観が采配し、次から次へと新しい料理の鉢《はち》や碗《わん》や皿、猪口《ちょこ》がお女中方によって宴席へ運ばれていっては空《あ》いた容器が戻されてきて、洗い場や料理の間の賑やかさも大変なものであった。

そんな忙しさにもかかわらず、六十をすぎてなお矍鑠《かくしゃく》とした静観は、茶の間の膳についた市兵衛と弥陀ノ介の前へわざわざきて、「市兵衛さん、返さん、一杯、つがしてください」と朱塗りの提子《ひさげ》をかたむけたのだった。そして、

「商売のためやのうて、佐波のために料理人の腕をふるえる、こんな嬉《うれ》しい日がくるとは、ありがたいことどす。片岡さまは立派な殿さまでいらっしゃいますが、それでも市兵衛さんと返さんがようしてくれはったお陰で、わたしら身分の低い親子が、どれほど救われましたやろか。ほんまに、心よりお礼を申し上げます」

と、京から江戸へ下って二十年以上がたつのにいまだ抜けぬ京訛《なまり》で言い、たったひとりの娘の佐波を嫁にやるめでたさと、おそらくは寂しさに目を潤《うる》ませたのだった。

市兵衛と弥陀ノ介は広間から流れてくる賑わいに信正と佐波の慶《よろこ》びを覚えつつ、静観に対して盃を上げ、「おめでとうございます」と声をそろえた。

料理は鯛《たい》のはんぺんの煮物の平《ひら》、花海老《はなえび》の吸物、掻《か》き鯛の膾《なます》、摘入《つみれ》の汁、背びれ尾びれ胸びれに化粧塩をふった小鯛の尾頭《おかしら》つきなど、茶の間の賄《まかな》い料理とは思えぬ豪華さであった。ご飯は赤飯である。

「まだ客がくる。気を許すのは早い。控えろよ」

「ああ、そうだがな。酒も料理も旨《うま》いので、抑えられんぞ」

と、二人は旺盛《おうせい》に呑み食いを始めた。ところへ、信正の弟、すなわち市兵衛にとっては下の兄にあたる重文《しげふみ》と、信正の妹で市兵衛の姉の千恵《ちえ》が、そろって茶の間の襖《ふすま》を開けて顔をのぞかせた。

これは――と、市兵衛と弥陀ノ介は箸《はし》をおいて手をついた。

「おお、才蔵《さいぞう》、返、やめろやめろ。楽にしてくれ」

「ああ、ちょっと酔ったわ」

重文と千恵は酒食のもてなしに顔を火照《ほて》らせ、茶の間に入ってきて市兵衛と弥陀ノ介の膳の前へ遠慮なく坐《すわ》った。

「今ごろ夜食か。すまんな。おぬしら二人に裏方を任せっぱなしで、客と一緒に楽しませてもらっておる」

「ほんとうに、お料理が美味しいのよ。才蔵、ちゃんと食べているの。おまえは痩《や》せすぎですよ。返どの、あなたは暴飲暴食に気をつけなさい」

重文は今、旗本の柴山家《しばやま》へ婿養子入りして徒組頭役であり、千恵は納戸《なんど》衆の野原家《のはら》に嫁いで、もう十七か十八になる倅《せがれ》がいる奥方である。

この下の兄と姉ですら、市兵衛とは十歳以上、歳が離れている。

「才蔵、まあ一杯つごう。呑め。おまえが江戸に戻ってきてから、殆《ほとん》ど会う機会がなかった。懐《なつ》かしいな」

「ありがたく頂戴《ちょうだい》いたします」

「ではわたしは、返どのに酌《しゃく》をいたしましょう。返どのが信正兄さんについてくれているお陰で、信正兄さんはとても心強く思っているのですよ」

「これは嬉しゅうございます。千恵さまのような美しい奥方さまにお褒《ほ》めいただき、酌までしていただくと、手が震えますぞ」

「あら、返どの、顔は悪いけど口は上手《うま》いわね」

千恵の軽口に三人の男は笑った。

片岡家は兄弟妹が、みな美男美女で評判の家系である。父親は公儀目付役の片岡賢斎で、母親は違うが、市兵衛はその兄弟妹の中の末弟なのである。

「なんにしてもよかった。兄上は妻も迎えず、片岡家をどうするつもりかと心配したが、やっと落ちついてくれた。ひと安心だ」

「そうだわね。信正兄さんには長いこと心配させられましたもの。これで佐波さんに健《すこ》やかな子が生まれたら、片岡家は、まずはめでたしですね。才蔵、あなたにも酌をします。どうぞ」

と、千恵が市兵衛の盃に提子をかたむけた。

「はい。わたしもそれを祈るばかりです」

市兵衛は、千恵の酌を恭《うやうや》しく受けながら言った。

「あなたは信正兄さんびいきだったものね。ねえ、重文兄さん、才蔵は信正兄さんにばかりまとわりついてね」

「そうそう。われらの方が兄上より才蔵を可愛がったのに、おまえは兄上が大好きだった。兄上は才蔵に、案外われらより邪慳《じやけん》だったのにな」

「信正兄さんが、父上に一番似ているからかしら。あのころ、あんなに小さくて可愛らしかった才蔵が、いつの間にかこんな侍になって。次は才蔵の番ですね。どなたか心を寄せる人がいるの」

「いえ。そのような方はおりません」

「まさか、女の方が嫌いなのではないでしょう?」

隣で弥陀ノ介が笑い声を上げた。

「好きですが、妻を持つほどには暮らしが定まりません」

「まあ、暮らしがですか……」

「兄上が言っていた。才蔵はわれら片岡家の中で最も優秀だが、欲のないところが唯一の欠点だと。ほしいままにふる舞うというのではなく、どこか、すでにおのれを捨てて生きているところがあると」

「ああ、そう言えば、父上にも少うしそんな気性がありましたね」

「父上がもっと長く生きておられたら、才蔵の生き方は今とうんと違ったものになっていただろうな。そうではないか、才蔵」

重文が弥陀ノ介の盃へ酌をし、市兵衛にも提子を廻しながら言った。

市兵衛は父・片岡賢斎が四十二歳のときに生まれ、才蔵と名づけられた。

母親は片岡家に仕《つか》えていた足軽・唐木忠左衛門《ちゅうざえもん》の娘で、市枝《いちえ》と言った。

市兵衛は母親の市枝を知らなかった。

市枝は賢斎の後添えに入り、三年後に市兵衛を産んだとき、新しい命におのれの命を譲るかのように二十数年の短い生涯を閉じたのだった。

母親は知らなかったが、優しい父親・賢斎の庇護《ひご》の下《もと》、信正、重文、千恵の兄や姉に囲まれ、市兵衛は幸せな何不自由のない十三年を片岡家のこの屋敷ですごした。

なんというときだったのだろう。あの十三年の日々は、今となっては、甦《よみがえ》る何もかもが物悲しいほどに美しく、せつなく、市兵衛の胸を締めつけてくる。

優しかった父・賢斎が亡くなったのは、十三歳のときだ。

それから市兵衛は片岡才蔵を捨て、片岡家の足軽のままに生きることを望んだ祖父・唐木忠左衛門の下で元服《げんぷく》を果たした。

唐木市兵衛と名乗った。

賢斎が亡くなったその年の冬の初め、市兵衛は祖父・忠左衛門より譲られた二刀をまだ背丈ののびきらぬ身体《からだ》に帯び、ひとり上方《かみがた》へ旅だった。

その二刀は、今も市兵衛の腰にある。

なぜ、なんのために片岡才蔵を捨て、片岡家を出たのか、定かに語る言葉はなかった。おのれの居場所を求めたからかもしれず、そうしなければならなかったからかもしれず、だからそうしたのかもしれなかった。

今あのときのことを語るとすれば、そうとしか語れない。

「でもね、才蔵に欲が足りないと言っているけれど、信正兄さんにも、じつはそういうところがあるのです。信正兄さんと才蔵は似た者同士ですよ」

と、千恵が思案するみたいに小首をかしげて言った。

「ふむ、案外そうかもな」

「あの歳まで妻を迎えなかったのは、佐波さんへの純情な思いがあったからだし、片岡家など、誰か継《つ》ぎたい者が継《つ》げばいい、というようなところがありますね、信正兄さんには……」

「あるある。どこか危なっかしくってな」

「佐波さんは、信正兄さんの初恋のお相手なのでしょう。なんだかんだと気をもみましたけれど、初恋の佐波さんと純情な思いを遂《と》げられ、やっとここまで漕《こ》ぎつけましたかと、安堵《あんど》しています」

重文と千恵は、それから信正と佐波のこののちの暮らしや生まれてくる子の話におよび、宴席から笑い声や拍手が聞こえてくると、「才蔵、返どの、またのちほど」と言い残し、広間へ戻っていった。二人になり、今度は弥陀ノ介が、

「お頭の初恋か……」

と、物思わしげに言って盃を乾《ほ》した。

「どうした、弥陀ノ介。馳走《ちそう》と旨い酒よりも、兄上の初恋が気になるのか」

市兵衛が微笑みを弥陀ノ介に向けた。

「お頭の初恋のお相手は、佐波さまではない。市兵衛、知っておるか」

「知らぬ」

市兵衛は赤飯を口へ運んだ。

料理の間や台所の忙しさと、広間の賑わいが途ぎれることなく茶の間に伝わってくる。弥陀ノ介は提子の酒を盃に満たし、しみじみと盃を舐《な》めた。

「前にお頭から聞いたのだ。初恋のお方の話をな。ちょっとせつない話だった。お頭の許しがなければ、誰にも話せぬ。市兵衛、おぬしにもな」

「話せぬのなら、訊《き》きはせぬ」

「聞きたくないのか」

「聞きたくないわけではないが、話せぬなら訊かぬ」

「そうだ。話せぬ」

市兵衛は提子をとり、弥陀ノ介の盃へ酒をついだ。

「弥陀ノ介、生きるというのは、何かを得るのではなく、失うということだ。失うから、生きて、あがいて、得ようとする。それが人の性根だ。わたしは江戸へ戻って、弥陀ノ介という友を得た。生きるためにもう十分、得た」

「ふふ……お頭と佐波さまのめでたい婚礼の日に、またむずかしい理屈を言う。わけのわからぬ男だ。お頭が心配するはずだ」

二人が声をそろえて笑い声を上げると、料理の間や台所の者たちが一斉《いっせい》に茶の間の方へふりかえった。静観がこちらを見ていた。

そのとき、玄関の方から小藤次が来客を告げた。

「お、山田《やまだ》さまが見えたか。知り合いだ。挨拶だけしてくる。市兵衛、おぬしは飯をすましておれ」

「任せていいのか」

よい、気を遣う相手ではない――と弥陀ノ介は座を立った。

市兵衛は大急ぎで赤飯を食《た》げた。

と、市兵衛がひとりになったところへ、静観が市兵衛の膳の前にそわそわとした足どりでまたやってきた。

「市兵衛さん、もうひとつ、つがせてもらいます。どうぞ」

「いや、わたしはこのあとも客の出迎えがあります。今はこれまでにて」

しかし静観は提子を持ったまま、市兵衛の方へ膝を進め、声をひそめた。

「市兵衛さん、少々ご相談したいことが、あるのどす」

「わたしに、相談を?」

市兵衛の箸が止まり、静観が頷《うなず》いた。

「明後日《あさって》の昼、薄墨へお昼ご飯を食べにきてほしいのどす。どうですやろ」

静観の顔つきが、少し曇っていた。

「何か、ご心配事でも」

「心配事というほどではありまへんけれど、ちょっと、あることが気になって……市兵衛さんに、お頼みしたいのどす。わたしひとりの勝手なご相談で、佐波とも殿さまとも、なんのかかわりもないことどす」

静観は、包丁一本で身をたててきた気位の高い料理人である。それが、

「恥ずかしながら、わたしは料理のほかにはなんのとり柄《え》もない年寄りどす。こういうときは、どないしたらええのやら……」

と言った様子が、普段、薄墨で見慣れている一徹な料理人の面影《おもかげ》が失《う》せ、ひどく気弱に、そして思案に暮れているふうに見えた。

「明後日の昼ですね。承知しました。うかがいます」

大らかな笑みを投げたが、静観らしくない浮かぬ顔だった。

二

その朝、市兵衛は雉子《きじ》町の湯屋にいった。

湯屋は勤め人や職人らで混み合う刻限がすぎており、客の姿は少なかった。

市兵衛は、少々汚れているけれど浴槽の熱い湯に身体を沈め、二日間の宴の疲れがゆっくりと癒《いや》されてゆく心地《ここち》よさに浸《ひた》った。

壁に小さな明かりとりが空いているだけの薄暗い浴槽に、市兵衛はひとりだった。

静かな息を、まだ幾ぶん酔いの残った気《け》だるさと一緒に吐き出した。

たちのぼる湯気が、吐息にからみつくようにゆれるのが見えた。

一昨日《おととい》の夜は弥陀ノ介と呑み明かし、昨日は信正を囲んで、信正の息がかかった徒目付や小人目付衆の宴に市兵衛も加わり、昼間から夜更《よふ》けまで宴になった。

信正と佐波の婚礼のときは去り、春もはや静かに果ててゆく。移ろいゆく季節が、物悲しく、薄暗がりにたちのぼる湯気のように儚《はかな》く感じられた。

そのとき、ざくろ口をくぐって客がひとり浴槽に入ってきた。

背が高く、締まった身体つきをしているのがわかった。月代《さかやき》がのびていて、削《そ》げた頬が精悍《せいかん》な面《つら》つきにしていた。ただ、浴槽が薄暗いため定かな表情は見えなかった。

侍か、と市兵衛は何気なく思った。

客が浴槽に入る前、どちらからともなく会釈《えしゃく》を交わした。

湯がゆれ、客は市兵衛の斜め向かいに締まった身体を沈めた。

「ふああ……」

とのどかなあくびをして、顔を両手でぬぐった。

「湯はいいですな。生気が甦る心地がします」

落ちついた語調で気さくに声をかけてきた。だんだん定かになってくる顔に、若い笑みを浮かべていた。三十をすぎて間もない年ごろに見えた。

「そうですね。湯に入らぬと、一日が始まった気がしません」

市兵衛も笑みをかえした。

「同感です。こうやって呑気《のんき》に湯に浸《つ》かっているひとときは、世の憂《う》さを忘れさせてくれますから」

客はまた、顔を両手でぬぐった。

「しかし、湯から出ると暮らしの屈託に追いかけられる毎日ですがね。わずか八文《もん》ばかりで購《あがな》う、貧乏浪人の唯一の贅沢《ぜいたく》です」

わたくし、大鳥伝右衛門《おおとりでんえもん》と申します――と名乗り、小さく一礼した。

「相模《さがみ》の小田原《おだわら》です。江戸に旧知の者がおりましてな。勤め口がなんとかならぬものかと出てきたのですが、思うようにはいきません。江戸ならなんとかなると見こんでいたのですが、甘かった」

はは……

と、大鳥は気楽に笑った。

「と言っても、小田原に暮らしていけるあてがないので出たのですから、今さら戻っても仕方がありません。先だって、そこの千代蔵店《ちよぞうだな》に越してきたのです。あの、あなたは、このお近くにお住まいの方で……」

「ここの隣の八郎店《はちろうだな》です。唐木市兵衛と申します」

「唐木、市兵衛さん、ですか」

大鳥は笑みのまま、市兵衛をじっと見つめた。

それから、界隈《かいわい》の辻々を思い描く素《そ》ぶりを見せて言った。

「まだ町内に慣れておりません。ですが、八郎店は存じております。ご近所ですね。よろしく、お願いいたします。ところで唐木さんは、どこぞにお勤めですか」

「わたしも、その日暮らしの屈託と競争する毎日です」

「さようですか。お互い、苦労がつきませんな。とはいえ、何か仕事はなさっておられるのでしょう」

「口入れ屋の仲だちを頼んで、渡り奉公で暮らしをつないでおります」

「おお、渡り奉公をですか。今はどちらにご奉公で」

「決まった勤め先はありません。新しい奉公先を探しているところです」

「わたしも仕事を選んではおられません。何かしなければと、気持ちは焦ってはおるのですが……」

大鳥が湯をゆらして隣へ並びかけてきたとき、湯の一滴が市兵衛の額《ひたい》にかかった。

「これは失礼。で、唐木さん、口入れ屋はどちらの？　渡り奉公と言われても、まさか、中間とか下男奉公ではございますまい」

市兵衛は三河町《みかわ》の請人宿《うけにんやど》の《宰領屋《さいりょうや》》を教え、それから用人仕事にざっと触れた。

「算盤《そろばん》がおできになって、用人奉公ですか。用人奉公ならただの渡り奉公とは違う。それで一見したところ、どことなく余裕がおありなのだ。羨《うらや》ましい。わたしなど才もなく無芸で、無為徒食のまま今に蓄えがつき、干からびるのを待つばかりです」

「大鳥さんはまだお若いし、いい身体をしておられる。無芸と言われても、これまで何かしてこられたのでしょう」

「若いなどと言われますと、面映《おもはゆ》い。もう三十をすぎましたし。じつは、田舎《いなか》の道場で師範代をしておりました。わたしごときが名を出すのも恥ずかしいのですが、新陰《しんかげ》流です。人が沢山《たくさん》集まる江戸で道場をとも考えておりました。ところが、田舎の剣術使いが諸国より人の集まる江戸で通用するはずがなかろう、と知人に一笑され、そっちは諦《あきら》めました。唐木さんは、剣の方はいかがですか。流派は何流で？」

「流派はありません。若いころは我流で強くなろうと稽古《けいこ》をしましたが、剣では暮らしがたちませんので、算盤に鞍替《くらが》えしたのです」

「なるほど、もっともです。侍の生きづらい世になりましたな。ましてや浪人では肩身の狭いこと、夥《おびただ》しい」

あはは……

と、大鳥はさっきよりも気楽そうな笑い声を上げた。

「ですが、唐木さんなら、間違いなくこちらは相当おできになるのでしょう。その立派な身体を見ればわかります」

大鳥は刀を握る仕種《しぐさ》をして、戯《たわむ》れるようにかざした。

「湯船に浸かったままで、わかるのですか」

「田舎の剣術使いの武芸は知れていますが、骨相を見る目はあるのです。この薄暗い浴槽にもかかわらず、唐木さんのお顔を一見してわかりました。人品骨柄《じんぴんこつがら》、申し分なく、相当の剣の使い手と……」

市兵衛も笑った。

「本当ですよ。ご自分でもそう思っていらっしゃるのでしょう」

大鳥は刀を握る戯れの仕種を、今度は市兵衛に向けた。そこへ隠居ふうの客が、二

人、三人と続けて入ってきて、

「これ以上入っているとのぼせそうです。お先に失礼」

と、市兵衛は浴槽の湯をゆらした。


本丸御玄関前御門である中雀《ちゅうじゃく》御門より、御玄関右手の東側へとって御長屋《おながや》御門へ向かう手前の中之口《なかのくち》が、旗本御家人の城中への出入り口になっている。

中之口は中之口番所の前を通ってから十三間《けん》半（約二十四メートル）の土間が続き、両側には各職の下部屋《したべや》が並んでいた。この中之口は三季貼紙値段を貼り出す場所であり、お城では最も賑やかな出入り口であった。

ただし、旗本でも目付衆は御玄関から出入りするのが習わしである。

中之口へ廻る手前、本丸東側城壁に沿って、書院番与力番所、城中に入れない供の待つ腰掛が城壁下に続き、その先に小人目付部屋がある。

その朝、返弥陀ノ介が登城し、小人目付部屋へ入った途端、徒目付組頭の南部六郎《なんぶろくろう》と配下の徒目付ら七、八人にとり囲まれた。

「南部さま、おはようございます。なんぞ、お急ぎの御用でございますか」

弥陀ノ介が頭を垂《た》れて言うと、南部がいきなり咎《とが》める口調で言った。

「返、おぬしを待っておった。急ぎだ。こい」

とり囲んだ徒目付らは弥陀ノ介を厳しく睨《にら》み下ろしていた。

小人目付部屋の朋輩《ほうばい》らは、一体何が始まったのかと、出入り口の土間でいきなり朋輩であり小人目付衆の頭格である返弥陀ノ介が、徒目付衆に物々しくとり囲まれた事態を訝《いぶか》しげに見つめた。

徒目付衆に事態を問い質《ただ》す小人目付衆はいなかった。

徒目付と小人目付は共に目付衆の支配下にありながら、小人目付は徒目付より身分が低い。

「南部さま、わたくし、本日は片岡さまのお供で普請場《ふしんば》の見廻りに出かけます。御用はすぐすむのでございましょうか。長くかかるのであれば、片岡さまのお許しを得ねばなりません」

「何を言うておる。これは御用ぞ。おぬし、御用に逆らうのか」

「南部さまこそ何を仰《おっしゃ》います。逆らってはおりません。御目付さまのお指図を、お許しもなくわたくしが勝手に変えることはできません。片岡さまのお供は御用でございますぞ。そのような無理を申されては困ります」

「おぬしにほかの御用はない。片岡さまもお見廻りには出かけられぬ。つべこべ言わずに、こいと言うたら大人しくくるのだ」

「これは異なこと。片岡さまがお出かけにならぬ、とは意味がわかりません。南部さまは、まるで片岡さまの支配役のような口ぶりで仰っておられます。それは僭越《せんえつ》なふる舞いですぞ。戯《ざ》れ言《ごと》ではすみませんぞ」

「僭越だからなんだ。戯れ言だと？　おぬし、まだ虎の威を借りて逃れられると思うておるのか。呑みこみの悪い男だ。みな、こいつを引ったてろ」

「虎の威を借りて？　わたしが何を逃れると、仰るのですか。南部さまとて、無礼な言動は許せませんぞ……」

そこで弥陀ノ介は口を噤《つぐ》んだ。うん？　と改めて周りを見廻した。

ようやく、いき違いではすまない事態を察した。ひどく不審な事情が、容易ならざるわけが、これにはありそうだ。

逆らうべきか、大人しく従うべきか、懸命に考えを廻《めぐ》らせた。

「返、大人しくしろ」

傍《かたわ》らのひとりが、弥陀ノ介の肩に手をかけた。反対側からもうひとりが「こいっ」と荒々しく肩をつかんだ。

弥陀ノ介の岩塊の短軀は動かなかった。

左右へゆっくりと窪んだ眼窩に光る目を投げると、二人はたじろいだ。

「お放しくだされ。逆らいはいたしませぬ。だが、わけを聞かせていただかねば、承服いたしかねる」

「黙れ黙れ。指図通りにしろ。さあ、とっととゆかぬか」

「放せと、言うておるだろう」

弥陀ノ介が左右の二人の手首をつかんだ。短軀とは不釣り合いの、異様に大きな掌《て》である。二人の手首が軋《きし》みを上げ、「あつつ、さ、逆らう気か……」と、ひとりが声を上《うわ》ずらせ身体をよじった。

「誰か、片岡さまにお知らせしてきてくれぬか。返弥陀ノ介はわけのわからぬ御用によって、見廻りのお供ができませぬとな」

弥陀ノ介は、戸惑《とまど》いつつ立ち上がった小人目付衆へ言った。

「慮外者っ」

ひとりが背後から弥陀ノ介の頭へ、いきなり拳《こぶし》を見舞った。

後頭部が鈍《にぶ》い音をたてた。しかし弥陀ノ介は少し首をかしげただけで、途端に背後の徒目付へ、短いが丸太のような足で蹴《け》りをかえした。

足蹴りを下腹に浴びた徒目付はひと声叫び、周りの二、三人を巻きこんでもろ共に戸外へ転がり出た。

弥陀ノ介の怪力が、左右の徒目付らの手首を棒きれのようにふり廻した。

ひとりは壁に叩きつけられて転倒し、ひとりは土間から小人目付衆らの足下《あしもと》まで、「わあっ」と吹き飛んだ。

「かか、返、これ以上逆らうと、き、斬るぞ。みな、返をとり押さえろ」

南部が周りへ喚《わめ》きながら、刀の柄《つか》に手をかけた格好で後退《あとずさ》った。

しかし、弥陀ノ介の怒りの目が残りの徒目付らをうろたえさせた。

返弥陀ノ介の力が尋常ではないことはわかっている。

腰に帯びた大刀も、鐺《こじり》が地につきそうなほど長い。弥陀ノ介の体軀と比べ、そう見えるだけかもしれなかったが、とにかく長い。それがわかっているから、人数をそろえたのだが。

それにまた、大体が、弥陀ノ介をなんの咎めで引ったてるのか、とり囲んだ徒目付らにはわかっていなかった。

ただ、徒目付組頭の南部に命じられているだけだし、ましてや、居合わせた小人目付衆は戸惑うばかりだった。

「逆らいはしません。南部さま、まいりましょう」

弥陀ノ介が怯んでいる南部から出入り口へふりかえると、小人目付部屋の前を中之口へ向かう旗本や御家人たちが「何事か」と、とり巻いていた。

「か、刀をとり上げよ、刀を……」

背後で南部が、また喚いた。

そのころ片岡信正は、老中御用部屋と狭い廊下をへだてた東側に並んだ若年寄御用部屋に呼ばれていた。

目付は若年寄支配下である。

水野壱岐守《いきのかみ》、京極周防守《きょうごくすおうのかみ》、田沼玄蕃頭《たぬまげんばのかみ》、三名の若年寄が扇形《おうぎがた》に着座し、扇の要《かなめ》の位置に端座した信正を囲んでいた。

水野壱岐守の話が続き、信正はひたすらそれに聞き入っていた。

「本来、改築および修理は作事奉行のお指図のはずだが、片岡がだいぶ監察役見廻りの権限を利用しかかわりになった恐れあり、という上申がある筋よりなされた。上申がなされた以上は調べぬわけにはいかぬ。よって、この一件の調べは目付の左池帯刀に命じた。むろん事態は、御公儀監察役の目付衆の信頼をゆるがす事柄ゆえ、今はまだ表沙汰《おもてざた》にはしない。左池ひとりに掛《かかり》を命じた」

隣の京極周防守が、壱岐守の言葉を継いだ。

「ただし、この一件、御老中始め上さまにはすでにご報告申し上げておる。上さまのご不興なのめならず。やむを得ぬ、厳正に調べよ、とのお言葉であったようだ」

三人の若年寄が目配せを交わし、頷き合った。

「とは言え、明らかになった事の次第は表沙汰にならざるを得まい。もし、片岡に身に覚えがあるなら、その段階で相応のご沙汰がくだされる。それは覚悟しておいた方がよいかと思われる。そもそも、片岡にも知らせず内偵を進めるべき、という考えもあった。だが、長年の功労者である片岡に、それもいかがなものかという判断に相なり、かように呼びたてた次第だ」

信正は頷きも身動きもしなかった。ただ、若年寄との間の畳へ目を軽く落とし、事のなりゆきを把握するため、意を用いた。

「われらとて、このようなことを片岡に申すのは本意ではないが、修復の課役にあたった瀬土家の申し条によれば、これはきわめてゆゆしき事態と見なさざるを得なかった。でだ、片岡の存念や申し開きは今は訊《たず》ねぬ。われらには、片岡ほどの男が、という思いの方がむしろ強い。詳《くわ》しい調べがすんだのち、改めて訊こうと思う」

壱岐守が隣の田沼玄蕃頭を促《うなが》した。

「片岡、わたしはおぬしを疑いたくはない。また、事が明らかではないため、これは上さまのご命令でもない。ただここはだな……」

と、玄蕃頭は言った。

「左池の調べがすむまで、自ら謹慎してはいかがか。疑いがかかったこと自体、目付としては落ち度、と言えなくはない。おぬしに身に覚えが何もないのであれば、面目《めんぼく》にかかわる事情ではあっても、少しは休息になるであろう。それに、美しい奥方を迎えられたばかりでもあるしな」

玄蕃頭は微笑んだが、壱岐守と周防守が信正を冷徹な目で見つめていた。

「相わかりました。されば、存分にお調べを願います。玄蕃頭さまのお言葉に従い、左池どのの調べがすむまで謹慎いたすことにも、異存はございません」

と、ようやく信正が言い、若年寄へ頭を垂れた。

「しかし、事は三年前の両国橋修復の事情でございます。なぜ今になって、と不審を抱《いだ》かざるを得ません。確かに、三年前の両国橋修復にあたりましては、普請場見廻りに従来より数多く出かけたことを覚えております。両国橋は本普請。今はどの橋も本普請となりましたが、文化《ぶんか》四年（一八〇七）の永代《えいたい》橋崩落のような事態が起こってはならぬ、と頭の隅《すみ》にありましたゆえ、念を入れたのでございます」

ご支配役に、お訊ねいたします——と、信正は伏せた目を上げた。

若年寄たちは一様に頷いた。

「二つございます。まず、わたくしは三年前の両国橋修復にあたって、何をし、何を疑われておるのでございますか。修復課役を命ぜられた瀬土家が上申をなされて、瀬土家はわたくしが何をしたと、訴えておられるのでございますか。そして二つ目は、監察役見廻りの権限を利用しかかわりになった恐れあり、との指摘は何を根拠になされたのでございましょうか」

壱岐守が素《そ》っ気《け》なく答えた。

「もっともな疑念ではあるが、今それを明かすわけにはいかぬ。調べが進めば自《おの》ずと明らかになるし、片岡の心の中ではすでに明らかかもしれぬしな。おぬしの心の中はわれらには見えぬ」

「まことにもって、疑いとはそういうものでございます。わたくし自身、そういう疑いを理由に、厳しき調べもいたしてまいりました。目付役の理不尽な疑いを、恨《うら》みに思われた方々もおられるでしょう。わが身がそうなったからと言って、恨む筋合いではございません。そのお答えで、けっこうでございます」

「ひとつ、教えておく。おぬしの腹心と言われておる返弥陀ノ介と申す小人目付がおるであろう。その者のとり調べを、今ごろ左池が自ら始めておるはずだ。返にも片岡の疑わしき行為に手を貸したのでは、との疑いがかかっておる。事の全容がどのように明らかになるか、返のとり調べ次第だ。あまりときはかからぬと思われるが」

玄蕃頭が言った。

信正は束《つか》の間《ま》息をつめ、若年寄よりそむけた眼差しに憂《うれ》いを浮かべた。

「可哀想《かわいそう》に。身分低き侍なれど、返弥陀ノ介という男はおのれの役目に誇りを持っております。彼《か》の者はただ一途《いちず》に、わが命《めい》に従ったのみでございます。わが命に従ったがために、わたくしと同様の疑いがかかったのであれば、彼の者の面目をいたく疵《きず》つけたでありましょうな。厳正なるとり調べはいたし方ありませんが、何とぞ彼の者の面目をこれ以上損《そこ》なわせぬよう、ご配慮をお願いいたします」

玄蕃頭が「ふむ」とうなった。

「相わかった。左池には伝えておこう」

三

市兵衛は、鎌倉河岸の京風料理屋・薄墨の、紅花に屋号を白く抜いた半暖簾《はんのれん》を両開きに開いた。

格子戸《こうしど》をくぐった表店《おもてだな》の土間は三和土《たたき》になっていて、入れこみの床の畳敷に衝立《ついたて》で仕きった三席、それと腰掛の席の卓が四台、四角く並んでいる。

表店の奥に、引違いの襖を閉じた四畳半の客座敷がある。

厨房《ちゆうぼう》はその客座敷の左手にあって、厨房の出入り口にもさがる紅花の半暖簾が、落ちついた表店の彩りになっていた。

「おいでやす。お待ちしておりました」

と、静観が厨房より暖簾を分けて顔を出し、市兵衛に言った。

「まずはいつものお座敷へ。お昼ご飯をゆっくり召し上がってください」

静観はひとりの様子だった。

佐波が諏訪坂の屋敷に引き移ったあと、接客に若い女を雇《やと》ったと聞いていたが、女の姿はなかった。

「おひとりですか」

静観が微笑み、頷いた。

普段の薄墨は、昼どきと宵の刻限に分けて開けている。佐波の婚礼料理を仕きるため三日ほど休業し、明日より普段通り店を開ける、と静観は言っていた。

「静観さんがおひとりなら、こちらで」

「そうどすか。どうぞ……」

市兵衛は腰の刀をはずし、腰掛にかけた。

料理は初めにあさりとひばの汁が出た。続いて赤貝と鮒《ふな》を大根のおろしに和《あ》え、やきがしらをふりかけ、わさびをそえた膾、たらと昆布の二汁《にじゅう》、香《こう》の物、鴨《かも》と菜《な》の肴熬物、と染付の器《うつわ》に贅沢なご馳走が並んだ。

「ご飯になったら、言うてください。ご飯はもう炊《た》けてますから」

と、静観は言って市兵衛と向き合って卓につき、花唐草《はなからくさ》の大ぶりの徳利《とっくり》の酒を市兵衛の盃についだ。

「静観さんのお話をうかがう前に酔っては困ります。ほどほどにお願いします」

市兵衛はほどほどに盃を舐めた。

「わたしは呑まんことには上手いこと話せそうにないので、失礼して勝手にいただかしてもらいます」

静観は肴《さかな》もなく、続けて盃をあおった。

お濠端《ほりばた》の人通りの多い場所ながら、ひっそりとした静けさが薄墨を包んでいた。

格子窓にたてた障子にやわらげられているほのかな外光が、まるで意匠のように六十をすぎた料理人の佇《たたず》まいを飾っていた。

「市兵衛さん、話しても、よろしゅうおすか」

静観の髪のほつれが、わずかに震えていた。白髪《しらが》はまじっているものの、静観の髷は太く、黒かった。

「どうぞ、静観さん。わたしはご馳走をゆるゆるといただきながら……」

市兵衛が笑みを向けた。

静観は三杯目の盃の手を止め、言葉を探していた。

「佐波が十五のとき、女房をなくしました。京の河原《かわら》町の料理屋の娘でしてな。わたしはその料理屋の奉公人やったんどす。好いた仲、惚《ほ》れおうた仲となり、親方の許しを得られんまま夫婦になったんどす。まだ修業の身どしたけど、女房のお腹に佐波ができて、親方もしゃあないな、ということになったんどす」

と、沈んだ声で話し始めた。

「八坂《やさか》に小料理屋を出したんは、三十をすぎたころどす。女房は料理屋に生まれ育って料理人を見慣れているせいか、気むずかしいわたしを上手いこと助けてくれましてな。贔屓《ひいき》のお客さんに、おまえは大したことないけどええ女房がいるからこの店はもってるんやと言われるくらいの、できた女房やった。わたしの初恋の……」

静観はしみじみと言い、盃をあおった。

「初めは苦しかった小料理屋が順調に儲《もう》かるようになって、弟子を入れて、河原町の親方にも、ようやったな、と言われるくらいになったんどす。けど、人の世がそんなにうまいことばっかり続くわけがおまへん。佐波が十五のとき、病気ひとつしたことなかった女房が妙な風邪《かぜ》をこじらせて、あっという間に逝《い》ってしもうたんどす」

市兵衛は、静観の盃に徳利をかたむけた。

「儚いもんどす。十五の佐波が、お父ちゃん大丈夫？　と心配して言うてくれましたが、わたしはただもう途方にくれて、店をやる気さえ失せてしまいました。何もかもがどうでもようなり、京の町にいるのも辛抱できんようになってしまいました。女房のお墓が京にあるのに、わたしは女房の位牌だけを持って佐波を連れて、江戸へ下ることにしたんどす」

「京には縁者の方々が、今もおられるのですね」

「へえ。わたしは山城《やましろ》の百姓の子どす。つき合いのある縁者はもうおりません。ですが、女房の父親である親方夫婦がそのときはまだ健在で、佐波を連れて江戸へ下ると言うと、娘のみならず孫まで奪う気か、とえらい怒られました。というのも、佐波は気だても顔だちも女房に生き写しで、年老いた親方にしたら、孫の佐波が娘の生まれ

「殿さまとは身分が違う。お父ちゃんが放っておかれへんから一緒に江戸へ下ったん
けど佐波も頑固や——と、静観は言った。
表格子戸の狭い前庭の、踏み石の傍らに植えた小笹の影が障子に映っている。
と、静観は小窓の白い障子に目を遊ばせた。
うと、とり計らってくださいました」
さまも立派な殿さまどす。ずっとずっと若いころに、ありがたくも佐波を奥に迎えよ
「おおきに。市兵衛さんにそんなふうに言うてもらうと、ほんまに嬉しい。片岡の殿
市兵衛が言うと、静観のむずかしい顔がやわらいだ。
「佐波さん、いえ義姉上《あねうえ》は、わたしにとっても自慢の義姉上です」
なった女房がわたしに残してくれた、自慢の娘どす」
けれど、佐波やったら片岡の殿さまとほんまに似合いやと思いました。佐波は、亡く
められた佐波が、殿さまをお慕いするようになったとき、わたしらは身分低き者です
親方を説いてくれたんどす。この鎌倉河岸で薄墨を開いてから、片岡の殿さまに見初《みそ》
「わたしと一緒に江戸へいくと、お父ちゃんをひとりで放っておかれへんと言うて、
静観はそこでひと息ついた。
変わりみたいに思うてたんでしょう。けど佐波は……」

や。うちは日陰の身でええと、わたしがひとりで大丈夫や言うても譲らへんのどす。そしたら、片岡の殿さまも奥方さまを迎えやらしまへん。佐波がそれでいいと言うならわたしもこれでいい、と仰らはりましてな。片岡家はいずれ縁者から養子を迎えて継げばよい、とも仰って、笑《わろ》うておられました」

言いながら、静観自身も肩を小さくゆらして笑った。

「佐波から聞いたところによりますと、佐波は殿さまの初恋のお方に似ているらしいのどす。市枝とか仰るお方で、事情は存じませんが、若いころにお亡くなりになった方やそうどす。母親を失《うしの》うた佐波に初恋のお方の面影《おもかげ》を見つけてくれはりましたことが、わたしはかえって嬉しかった。殿さまも一途なお方やと、思いました。そんな一途な殿さまに見初められた佐波に、ようやく幸せがきたと……」

市兵衛は何も言わなかった。ただ黙々と、二汁にかかった。たらのあっさりとした舌触りと、昆布の風味が言葉にならない味わいだった。

「市兵衛さん、汁が冷めてしもうたんと違いますか。けど、沸《わ》かしなおすのは冷めた汁より味を損のうてしまうのどす。申しわけございません」

「大丈夫です。とても美味しい。十分に美味しい」

市兵衛は言ったが、一旦二汁の椀《わん》をおき、静観へもの思わしげな眼差しを向けた。

「わたしに頼むことがあると、仰いましたね。それをお聞かせください」

「あ、そうどした。話がそれてしもうて、どうも肝心《かんじん》なところに、なかなかゆきつきません。お許しください」

「兄上と義姉上とはかかわりのない事と、仰られましたが」

「かかわりがないと言えばないような、あると言えばあるような」

静観は首をひとつ、気恥ずかしげに頷かせた。

「佐波が殿さまの奥へ入ることが決まり、薄墨の接客に人を雇わなあかんようになりました。接客ですから、できれば器量がそこそこの、少しは料理屋の接客をわかった女をと、口入れ屋に頼んでおりました。何人かの女がきましたが、料理屋の接客には向いてなかった。なかなか決まらず日がたち、佐波が諏訪坂のお屋敷へ移ったすぐあとやった。おくみという女が、雇うてほしい、ときたんどす」

「女を雇われたと聞いていました。そのおくみという女なのですか」

「へえ。市兵衛さんは仕事でしばらく薄墨にご無沙汰《ぶさた》でしたから、ご存じではない女どす。歳は二十九と聞きました。小柄で、どこと言うて目だつところのない人並な器量の女どす。ただ、色は白《しろ》うてそこはかとない世慣れた色気があって、接客に不向きという感じは受けませんでした。そうや、目の下のここら辺に、小っちゃなほくろがあります……」

と、静観は目の下を人差指で触れ、言った。

市兵衛は去年からこの春の半《なか》ばすぎまで仕事が続き、そのあとは信正と佐波の婚礼の支度の手伝いなどが重なって、薄墨に顔を出す機会がなかった。

それに、兄の信正の馳走になるのでなければ、界隈のお金持ちの隠居や通人《つうじん》の客が多い薄墨は、市兵衛の暮らし向きでおいそれと入れる料理屋ではなかった。

市兵衛なら静観は代金をとらないだろうが、それに甘んじるわけにはいかない。

「家は外神田佐久間町《そとかんださくまちょう》の甚平店《じんべいだな》で、二親もいると言うておりました」

「口入れ屋を通して、きたのですね」

市兵衛は静観の盃に、また酒をついだ。

「それが違うのどす。名前を聞いたこともないお店で、これまで半季やら一季の奉公をしていたけれど、鎌倉河岸の京料理の、薄墨の評判は前から知っていた。新しい奉公先を探していた矢先、薄墨に接客の仕事があるらしいと人伝《ひとづて》に聞いて、接客の仕事は好きやから、いっぺん薄墨みたいな高級なお店で働いてみとうて、だめで元々と思ってきた、と言うておりました」

静観は盃に目を落とし、ゆっくりと口元へ運んだ。

「普通は、そういう場合は雇いません。ですが、佐波がお屋敷に移った直後でやっぱり寂しさもあったんですやろか。おくみの、旦那《だんな》さんだめですか、と言うた心配そうな様子が可哀想で、ふっと心が動かされましてな。ほんならためしに働いてみるか、ということになったんどす」

「住みこみですね」

「へえ……」

静観はぽつりと答えただけで、続けなかった。

盃を上げ、ゆっくりと呑み乾した。そうして今度は徳利をとり、「どうぞ」と市兵衛に差し、自分の盃にも続けてついだ。

「おくみの働きぶりは、いかがでしたか」

「それなりに、ちゃんと働いておりました。佐波みたいに薄墨の何から何までを心得ているというわけにはいきませんが、佐波とは違う華《はな》やいだ気分が感じられて、おくみが居てくれたら、これはこれでええな、と思えたんどす。贔屓にしてくれているお客さんにも、いい奉公人が見つかったな、と言われて、ほっとしておりました」

「義姉上や兄上は、おくみを知っているのですか」

「半月ほどがたち、おくみが居たらやっていけると気持ちが定まってから、諏訪坂のお屋敷へ連れていきました。殿さまはお勤めでご不在でしたが、佐波には会わせました。殿さまは婚礼のお支度の挨拶廻りやらでしばらくおこしにならず、この月の初めに一度、殿さま、返さんと見えられた折りに、おくみに挨拶をさせただけです。殿さまは機嫌よく、わが義父上《ちちうえ》だ、よろしく頼む、と言うてくださいました」

「おくみと、懇《ねんご》ろになられたのですね」

その半月ほどの間に、六十をすぎた静観と三十前のまだ若いおくみに何があったのか、市兵衛には察しがついた。

「年甲斐《としがい》もなく、人恋しゅうなりましてな。おくみの方にも、こんな年寄りのわたしに悪からず思う素ぶりがうかがえて、つい、おのれの歳も顧《かえり》みんと……」

市兵衛は、それには触れなかった。おくみの現われ方にいささか不審を覚えつつ、静観のふる舞いに市兵衛が嘴《くちばし》を入れることではなかったからだ。ただ、

「おくみの姿が見えませんね。今日はどちらに？」

と訊いた。

「そのことで、市兵衛さんにきてもろたんどす。おくみが居なくなって今日で五日目になります」

静観は盃をあおった。

「四日前の午後、ちょっとした用があって出かけて一刻ほどで戻ってきたら、身の廻りのわずかな荷物と一緒に姿を消しておりました。いえ、蓄えやら売り上げを持っていかれたということはありません。まるで、おくみという女なんかおらへんかったみたいに、跡形《あとかた》もなく消えてしもうただけの……夢の中にふっと現われ、夢から覚めたら、なんや、夢やったんかいな、という感じどす」

「おくみが姿を消したわけに、心あたりはないのですね」

「心あたりどすか。ありますよ。まだ三十前の女が、六十すぎの年寄りと妙な仲になってしもうて、いやになったんやろと……」

そう言って静観は、市兵衛に空《むな》しい苦笑を寄こした。

「おくみさんを捜《さが》すおつもり、なのですか」

市兵衛が先廻りをすると、静観は苦笑のまま頷いた。

「恥ずかしながら、未練が残りましてな。たったひと月半の、おくみと懇ろになってからはひと月足らずのことどす。料理のほかは世の中のことも人のことも、何も知らん阿呆《あほ》な男が、女房に助けられ、娘に助けられ、これまで偉そうな顔をしてやってこられただけや。ひとりになった途端に、このざまですわ」

卓に乗せた静観の手が細かく震えていた。

「けど、わたしは笑われても馬鹿にされてもかまいません。おくみが忘れられへんのどす。女房を見初めたころみたいに、ええ歳して若いころに戻ったみたいに、胸がこことと高鳴りましてな」

静観の形相が急に険《けわ》しくなった。

「市兵衛さん、おくみを捜すためにおくみを捜してほしいのどす。見つけてほしいのどす。お金は払います。おくみを捜すために市兵衛さんを、お雇いしたいのどす」

男と女の仲は傍《はた》から何をしようとどうにもならない。そんなことをしても、ただ野暮なだけである。だが、傍からは野暮に見えるつまらぬ事でも、まっすぐ向き合う本人には一大事なのだ。

静観のつらい気持ちや寂しさが、わからなくはなかった。

「おくみは佐久間町の甚平店でしたね。甚平店に戻っているのではないのですか。確かめにいかれたのですか」

「自分で確かめにいく度胸が、ないのどす。おくみが、いるわけがないという気がして。おくみがわたしなんかにほんまのことを言うているわけがない、という気がしましてな……」

「おくみが前に奉公していたお店は、なんという店ですか？」

「たしか、五十松屋《いそまつ》とか、もうひとつは伊丹屋《いたみ》とか……どっちかが江戸前の鰻《うなぎ》の蒲焼《かばやき》屋やとか。どうでもよかったから、詳しいことは聞いてへんのどす。どこにあるかも知らんのどす。うかつでした……」

静観は険しい形相を左右にふったが、声は萎《しぼ》んでいった。

市兵衛は考えた。

「ですが、おくみを見つけて、それからどうなさるおつもりですか」

「わかりまへん。どうしたらええのか。そら、できたら戻ってきてほしい。年増と言うても三十前の女が、年寄りを相手にするのがいやになるのは、おかしなことやない。いやになって姿を消した女を捜し出したところで、また夢が始まるわけはないことぐらい、普通ならわかります。けどね、市兵衛さん、阿呆な男はそれがわからへんのどす。そうなったらなったときに、考えることしかできんのどす」

「おくみを捜した挙句《あげく》、亭主や、あるいは男がいるのかもしれません。そのときは、諦めきれるのですか」

「じつのところ、そうやないかと、わたしも思うております。そやからそれは、それがわかったときにどないするか考えるつもりどす。それがわかったときに……」

静観はうめいた。顔を伏せたまま、徳利をかたむけた。

「おくみの行方《ゆくえ》を捜すにあたっては、静観さんと薄墨の名は知られる事態になると思われます。それでもかまわないのですか。むろん、静観さんとおくみのかかわりは、伏せるつもりですが」

「さっきも申しましたように、わたしは笑われても馬鹿にされても、この歳になって今さらかまへんのどす。ただ、佐波と殿さまには知られとうはありまへん。それだけを考えてもらえれば……」

静観は力なく頷いた。

市兵衛は箸と二汁の椀をとった。

「では静観さん、炊きたての美味しいご飯をいただきましょう」

「へえ、ご飯にしやはりますか。すぐ支度をいたします」

しかし市兵衛は、腰を上げかけた静観に言った。

「静観さん。誰もあなたを笑ったり馬鹿にしたりはしません。おくみ捜しは、引き受けます。ただし、わたしの知り合いの口入れ屋や親しい者の助力を得たいのです。人捜しには頼りになる者たちです。その者には事情を打ち明けることになります。それをお許しいただきたい」

「ありがとうございます。市兵衛さんに引き受けていただけるのやったら、市兵衛さんの思う通りにやっていただいて、けっこうどす」

「さほど長くはかからないと思います。よってお代は静観さんの炊き上げた美味しいご飯を、腹いっぱいいただくということで」

そう言って市兵衛は、静観の険しい形相へ微笑んだ。

四

鎌倉河岸の薄墨から、三河町の請人宿・宰領屋の矢藤太《やとうた》を訪ねた。

「市兵衛さん、お見限りだったね。市兵衛さんの算盤技が生かせる、ちょうどいい勤め口が山のようにあったんだがな。貧乏暮らしのくせに、市兵衛さんは気まぐれで、しかもわがままだから、手を焼かせられるぜ」

と、螺鈿《らでん》模様の羽織の裾《すそ》をなびかせながら、矢藤太がからかった。

「そうか。それは残念だった。知人に用があって、そちらが忙しかったのだ」

「知人の用？　ふうん……怪《あや》しげな知人が市兵衛さんにはいろいろいそうだからな。そっちの用は金になったのかい」

「金にはならぬが、わたしにとっては退っ引《のっぴ》きならぬ用と言っていいかもな」

「金にならねえ。そんなことをしているから、相変わらず貧乏なのさ。そうそう、先だって、《鬼《おに》しぶ》がうちへ珍しく顔を出しやがってよ。市兵衛がきてねえか、と訊きやがるのさ。子守じゃあるめえし、知るわけねえよと言ってやりたかったが、そう言やあここんとこ見えませんねえと答えたら、そうかい、うちに顔を見せたら《喜楽《きらく》亭《てい》》にも顔を出せと言っといてくれ、と言い残して帰《けえ》ったぜ」

「渋井《しぶい》さんがきたのか」

「馬鹿じゃねえかと言いたくなるくらい欲のねえ市兵衛さんが、あんな腐れ役人とつるんでいるところが、市兵衛さんらしい怪しさだ」

「そうだ。京のいかがわしい女衒《ぜげん》が、いつの間にか神田の請人宿を営む主《あるじ》になった妙な神田っ子とも、つるんでいるからな」

「冗談じゃねえぜ、人聞きの悪い。鬼しぶみてえな腐れ役人と一緒にされちゃあ、大いに迷惑だ。まあ、お上がり。久しぶりだ。これから一杯やるかい」

「じつは、あるところですでに一杯、上等の酒と旨い飯をたっぷり馳走になってきた。これも退っ引きならぬ用、と言えなくもない用があってな」

「道理で。腹の満ち足りた、気持ちのよさそうな顔つきだと思った」

前土間から店の間に上がり、店の間と腰障子をへだてた四畳半へ通った。

その四畳半が、矢藤太の仕事部屋と客座敷をかねている。表店は引き札や奉公先の箇条などを記した貼り紙が四周の壁を廻り、朝の忙しいときは終わったが、途ぎれる間もなくやってくる求職者の対応に使用人があたっている。

「じゃあ、そいつは金になる用かい」

矢藤太が小僧に茶を言いつけてから訊いた。

「だから、上等の酒と旨い飯をたっぷり馳走になってきた。前払いだ」

「やっぱり。唐木市兵衛らしいね。おれは不満だけど、それが市兵衛さんだから、まあいいか。で、暇《ひま》つぶしにきたんじゃなくて、用があるんだろう」

「人捜しを頼まれた。二十九の年増だ。名前はおくみ。器量は十人並だが、色白で目の下に……」

と、市兵衛は話し始めた。

矢藤太は、京の女衒だった。京近在の百姓娘や貧乏公家《くげ》の娘らを、島原《しまばら》へ周旋する生業《なりわい》である。同じころ、市兵衛は京の公家の屋敷に用心棒と家宰《かさい》をかねて仕える青侍《あおざむらい》だった。矢藤太とは主の使いで島原のさびれた廓《くるわ》にいき、そこで知り合った。

十年以上前の、二人とも二十代の若さだった。世間に対して斜にかまえたすね者の気質が、市兵衛の気質と合った。

「市兵衛さん、女衒はな、人助けや……どうせ身を売るんやったら、ちょっとでも割のええ方を世話したる」

と、女を食い物にしながら、妙に面白《おもしろ》いひねくれ者だった。

儲けを手にすると、あり金をひと晩で平気で使い果たした。

「市兵衛さん、ちょっと儲かったんや。遊びにいこ」

と、よく誘いにきた。

あのころ、若い二人は怖いもの知らずに遊び廻り、危ない橋を渡った。島原の女郎を廻って地廻りらの白刃《はくじん》の下をくぐったことも、一度や二度ではなかった。

市兵衛が公家の青侍をやめ、数年間、諸国を廻って江戸へ戻ったとき、その矢藤太が神田三河町の請人宿・宰領屋の主人に納まっていた。

京見物にのぼっていた宰領屋の前の主人が、島原で出会った矢藤太を男と見こんだそうで、出戻りだが神田生まれ神田育ちの娘婿に請《こ》われた、と矢藤太は言った。

真偽のほどは怪しい。だが、京の島原の女衒が、江戸言葉を身につけ、十歳年下の美人の女房を持ち、宰領屋の主人に納まっているのは確かだった。

小僧の出した煎茶《せんちゃ》が、酔いが少し残っている市兵衛の喉に心地よかった。

矢藤太は、にやりと笑みを浮かべたまま言った。

「鎌倉河岸の京料理屋の薄墨は知っている。薄墨の六十をすぎた亭主が、二十九の年増に惚れちまって忘れられねえってかい。大《てえ》したじいさんじゃねえか。そういうじいさんなら加勢したくなるぜ。名前はおくみだな。色白に小柄、器量のほどは十人並だが、どことなく色気があって目の下に小さなほくろね。承知した、と言いたいところだが、うちも商売だ。ただってわけには、いかねえよ」

「むろんだ。その手間賃は、前の奉公先の給金から多めに天引きされていた分をあててくれ。足りなければ、その前の……」

「わかった、わかった。おれが市兵衛さんの頼みに、手間賃なんぞを本気でとると思っているのかい。そんなわけねえだろう、おれと市兵衛さんの仲でさ。建前上そう言うだけだよ」

「ただで、やってくれるのだな」

「まかせな」

市兵衛と矢藤太は、そろって笑い声を四畳半に響かせた。

矢藤太は長いつき合いの友である。ただ、口入れの斡旋《あっせん》料に何やかやと理由をつけて容赦《ようしゃ》なく天引きする。ときには黙って多めに天引きしているから、問い質すと、あれに手数料が幾らこれには幾らと、言いつくろう。

そういうところは、昔の女衒稼業で鍛《きた》えた抜け目のない男である。

「だけどさ、おくみは佐久間町の甚平店で、二親がいるなら、そこに戻っているか、戻っていなくても、そこで訊けば行方は簡単に知れるんじゃねえのかい」

「甚平店にはこれからいくつもりだ。簡単にわかっておくみに不審なところがないなら、すぐに知らせる。だが、亭主はおくみが本当のことを言っているとは思っていないようだ。話を聞いて、わたしも少し引っかかった」

「口入れ屋を通さずに、いきなり雇ってほしいと言ってきたところがかい」

「それもある。おくみは評判の料理屋で働いてみたかったと言ったそうだ。評判の料理屋はほかにもあるし、薄墨は通の間では評判であっても小料理屋だ。なぜそこだったのだろう、という気がしてな」

「そりゃあ、そういうこともあるさ。たまたま通好みで評判の料理屋が人手を求めていると聞きつけた。通好みだから惹《ひ》かれた、ってえことなんじゃねえのかい」

「六十をすぎた亭主と半月ほどのうちに懇ろになった。それからひと月ほどたって何も言わずに姿を消した。いかにもありがちな、と思えるところが気になる」

「ふふん……考えすぎだよ、市兵衛さん。ありがちだから、あってあたり前じゃねえか。そういう女がいるもんさ」

矢藤太は鼻で笑い、言った。

「鎌倉河岸の高級な京料理屋が通好みの店だから、働いてみようかなと働く。操《みさお》なんてものは端《はな》からねえから、ちょいと言い寄られたら誰かれなくすぐなびく。初めは夢中だが、すぐに飽《あ》いて仕事も男もいやになっちまう。飽いたら一日だって居たたまらねえ。何もかも打っちゃって、ぷいと姿を消しちまう。そういうこともまた、ありがちってわけさ」

市兵衛は黙って茶を飲んだ。

「おれに言わせりゃあ、口入れ屋を通さずにぷいと現われた女に惹かれて、身元も確かめずに雇った亭主の方がうかつだね。大体がさ、いい歳をしてひと月足らずでも若い女と楽しんだんだし、蓄えを持っていかれなかっただけでも運がよかったと、せめて思うべきじゃねえか。おくみはそれだけの女さ。ほかに狙《ねら》いなんかあるわけがねえ」

「そうかもしれぬ。だが、人と人の通じ合う心は歳に関係ない。亭主は真剣なのだ」

「だが、じゃねえよ。考えすぎだって。鎌倉河岸の高級料理屋かもしれねえが、所詮《しょせん》は小料理屋だろう。じいさんの蓄えが狙いじゃなかったんだから、ほかにどんな狙いがあるって言うんだい？　ま、ほかならぬ市兵衛さんの頼みだ。こっちは五十松屋だとか伊丹屋だとかの、前の奉公先を探し出しておくみの行方を追ってみるがね」

甚平店は佐久間町三丁目にあった。

しかしおくみという女は、甚平店にはいなかった。静観には二親が甚平店にいると言っていたようだが、縁者が住んでいる形跡すらなかった。

おくみが本当のことを言っている気がしないと、静観の言った通りだった。

しかしそうは思っていても、甚平店におくみもおくみの二親も住んでいた形跡はないと教えたら、静観は落胆するのに違いなかった。

それだけの女さ、と矢藤太がわけ知りに言う、悪びれず嘘《うそ》をついているおくみの性根らしきものが、市兵衛にも感じられた。

静観の純情が、気の毒にもなった。

そんなおくみを見つけ出しても静観のためになるとは思えないことが、市兵衛の気を重くしたが……

神田川の賑やかな河岸通りを、筋違橋《すじかい》の方へ戻った。

河岸通りには材木渡世の店が多かった。佐久間町のこの界隈は神田材木《ざいもく》町とも呼ばれていて、商《あきな》い物の材木が河岸地に積み上げられている。

和泉橋《いずみ》の通りを佐久間町二丁目の河岸通りへ横ぎっていたとき、不意に和泉橋の袂《たもと》から声をかけられた。

「からきどの、おおい、わたしだ、唐木どの……」

足を止め声の方を見ると、今朝、雉子町の湯屋で遇《あ》った大鳥伝右衛門が、深編笠《ふかあみがさ》をかざして駆け寄ってきた。

和泉橋の人通りの中を、周囲をはばからず大声を上げて駆けてくる騒々《そうぞう》しさが、童子のように無邪気な素ぶりだった。

湯屋ではもっと大柄に感じられたが、渋茶の袷《あわせ》に太縞《ふとじま》の袴を着けた痩軀の背が曲り、月代をのばした風貌は意外なほど貧弱に見えた。背丈は、五尺七、八寸近い市兵衛より小柄な五尺六寸（約百七十センチ）足らずに思われた。

市兵衛は菅笠《すげがさ》に手をかけ、大鳥へ辞儀をした。

「ここでまたお会いするとは、唐木どのとはご縁がありますな」

大鳥が、そばにきても大声のまま言った。

通りがかりがふり向くのをまったく気にせず、この場所で偶然、市兵衛に会ったことがよほど嬉しそうである。

「唐木どのはこちらでなんぞ、お仕事ですか。それともこれから、どちらかへ遊山《ゆさん》とか。よろしいですな、悠々《ゆうゆう》としたお暮らしぶりが感じられて。この人中でも、あなただとすぐにわかりました。ご様子がほかと、どこかしら違っておられる。有能なお方とは、そういうものなのでしょうな」

「勝手な買いかぶりはやめてください。仕事ではなく、知り合いの頼まれ事があって近くまできたのです」

「買いかぶりではありませんぞ。今朝も湯屋で申しました。わたしには骨相を見る目があるのです。唐木さんの骨相は、間違いなく腕がたつ人だ。そして品格もある。頭もいいし、世の中を見る目も備わっている。この日中でお会いし、ますますその感が強まりました。あなたの骨相は……」

と、大島は少々くどく続けた。

「恐縮です。しかしそこまでにて。大島さんはどちらへ」

「わたしは、知り合いの頼まれごとすらない暇な浪人者です。昼前まで、口入れ屋を廻って仕事探しをしたのですが、無能無才の身ではろくな働き口はありません。侍はかえってむずかしいと言われてしまいました。抜いたことのないこの刀なんぞ、腰に重たいだけですがね。と言って、捨てる度胸もない。お教えいただいた三河町の宰領屋さんには、まだいっておりません。二、三日中にはいってみます」

「是非いかれるといい。主人は口の利《き》き方はぞんざいですが、根はいい男です。親身になって働き口の仲だちをしてくれると思います」

「ありがとうございます。唐木さんはいいお方だ。遇ったばかりの田舎者のがさつなわたしに、親切に言ってくださる。江戸は田舎者に冷たいと思っておりましたが、江戸の町にもちゃんと人の情はある。持つべきものは友だ」

今日遇ったばかりだが、市兵衛はもう大鳥の友になっていた。

「あの、宰領屋さんで唐木さんから聞いたと申しても、かまいませんか」

「どうぞ。わたしの名を出されても、特段に役にはたちませんが。主人はどなたに対しても分けへだてのない男です。大鳥さんの望まれるような武家屋敷の働き口が、見つかるかもしれません」

「武家屋敷の、ですか。それは心強い。いってみます。ところでわたしは、これから浅草《あさくさ》の観音《かんのん》さまへいい奉公先が見つかるようにと、祈願にゆくつもりでいたのです。暇なものですから。よろしければ、近くで一献《いっこん》いかがですか。貧乏浪人でも、それぐらいの余裕はあります。お近づきの印《しるし》に、是非、と申しましても、そこら辺の蕎麦《そば》屋か安そうな茶屋で……」

「せっかくのお誘いですが、頼まれごとをすまさなければなりません。これからいくところがあるのです。またの機会に」

「それは残念だ。仕方がありませんな。ではまた湯屋で、裸のおつき合いをお願いいたします。あは……」

あけすけな破顔を見せた大鳥へ、市兵衛は菅笠に手を触れ、軽く礼をした。

踵《きびす》をかえし、人通りの多い河岸通りを筋違橋の方へとった。

と、四半町《ちょう》（約二十七メートル）ほどいったところで、深編笠の七人の侍といき合った。七人ともに屈強な足どりだった。

しかし、それが気になったのではなかった。七人といき合いながら、七人がみな市兵衛に険しい一瞥《いちべつ》を投げてくるのを視界の隅で認めたからだった。

いき合ったあと、何気なくふりかえったとき、侍たちがゆく人通りの先に、深編笠を着けて佇んだ大鳥が、市兵衛をじっと見つめていた。

五

弥陀ノ介は歯を食いしばり、声が出るのを堪《こら》えた。

下帯ひとつの裸体で、土蔵の屋根裏の梁《はり》から下がった太縄《ふとなわ》に半間《げん》（約九十センチ）

ほどの高さへ、すでに一刻以上、吊《つ》るし上げられていた。

太い腕を後ろ手に縛られ、両の腕と胸から肩に絡《から》んだ縄が、弥陀ノ介自身の身体の重みで、肉に食いこみ、血の気を失わせ、骨が軋むほどに締めつけた。

大木の根を思わせる両脚が、百姓家の軒先《のきさき》に吊るした大根のように力なく垂れ、しかも、張りのある艶《つや》やかな肌には苛烈《かれつ》な笞《むち》打ちの跡が縦横に走っていた。

肉の盛り上がった肩から背中、岩のような臀部《でんぶ》、太腿《ふともも》にかけ、いたるところの皮膚《ひふ》が割れて赤黒い血がにじみ、みみず腫《ば》れが縞になり、まるで一面の青と紫と赤の彫物《ほりもの》のように弥陀ノ介の皮膚を無残に苛《さいな》んでいた。

さらに、弥陀ノ介の窪んだ眼窩に爛々《らんらん》と光る目は、片方がすでに潰れ、もう片方も腫れ上がった青黒い瞼《まぶた》の下でふさがりそうになっていた。

ごつい獅子鼻の鼻梁が赤く疵ついて、唇が割れて血がにじみ、片方の耳からも血が垂れている。顎から頬にかけて元の形がわからないほど歪《ゆが》んで、普段は骨張った顔面が紙風船のようにふくらんでいた。

そこへ、ざんばら髪のぼろ布のような髪が垂れ下がっていた。

二灯の蠟燭《ろうそく》の火が、そんな弥陀ノ介の相貌と頑健そうな筋に鎧《よろ》われた身体を、赤々とした血の色に染めていた。

弥陀ノ介を大根のように吊るした周りを、三人の徒目付が囲んでいた。三人は襷《たすき》がけで袖を絞《しぼ》り、袴の股《もも》だちを高くとって、弥陀ノ介が気を失うたびに浴びせた水に濡れた土蔵の石畳へ、草履《ぞうり》の足音を鳴らしていた。

それぞれ、ひとりは竹刀《しない》、ひとりは箒尻《ほうきじり》という一尺九寸（約五十八センチ）の笞杖《ちじょう》、ひとりは六《ろく》尺棒《しゃくぼう》、と手にした得物《えもの》は、弥陀ノ介を責めたて皮膚を破った血と脂《あぶら》で汚れていた。

着物や袴も水飛沫《みずしぶき》や飛び散る血や汗で汚れていたが、三人は気に留めなかった。責め疲れ、初めの勢いが失せ、呼吸が荒くなっていた。

「また気を失ったのかな。うめき声を上げぬぞ。水をかけるか」

土蔵には天水桶《てんすいおけ》が用意されていた。水責めに使ったり、責苦《せめく》によって気を失ったときに水をかけ、息を吹きかえさせるためである。

桶に水が、まだ半分ほど残っていた。ひとりが手桶に水を汲《く》んで、

「そうれ。寝ている暇はないぞ」

と、梁に吊るされた弥陀ノ介の歪んだ顔へ浴びせた。水飛沫が散り、足から雫《しずく》が垂れた。太縄が天井の梁にこすれた音をたてた。

その音に合わせて、弥陀ノ介の岩塊のような身体がわずかにゆれた。

弥陀ノ介は気を失ってはいなかったけれど、かすかに残った意地でうめき声を堪えていた。だが、ぐぶ、と吐いた息が血のまじった水飛沫を、手桶を持ったひとりの顔面へ吹き散らした。

ちっ――と、水飛沫を散らされた男が舌打ちをした。

男は手桶を天水桶へ投げこみ、六尺棒に持ち替えた。

「ふてぶてしいやつだ。こいつだけは前から虫が好かなかった。身分の低い小人目付ごときが、偉そうにふる舞いおって」

と、弥陀ノ介の膝へ六尺棒をしたたかに見舞った。

弥陀ノ介の力なく垂れた両脚が、筋張って締まり、足先が痙攣《けいれん》して震えた。

縄がこすれ、弥陀ノ介の身体はまたゆっくりとゆれた。

「痛いか、この不埒者《ふらちもの》。御公儀の面汚《つらよご》しが。両国橋修復の普請で袖の下をどれほどとった。どれほど稼《かせ》いだ。誰の指図でやった。さっさと吐け。そら、そら、もっと痛い目に遭《あ》いたいか。そら、そら、そら……」

六尺棒が筋の引き締まった膝へ、繰《く》りかえし打ちつけられた。

背中にはもうひとりが「どうだ、吐けっ」と竹刀の雨を降らせ、臀部と太腿の後ろへは笞杖が容赦なく叩きこまれた。

三方から間断なく浴びせられ、弥陀ノ介の身体は木偶《でく》のように細かく震えた。水飛沫と汗と皮膚が破れてにじむ血が、飛沫となって三人に降りかかった。それが責めたてる三人をいっそう昂《たか》ぶらせた。三人が狂いそうに喚いて、その喚き声と六尺棒や竹刀や笞杖のはじける音が、土蔵一杯に交錯《こうさく》した。

蠟燭の火がゆれ、縄がこすれ、土蔵の梁が軋んだ。すると、

「ぐわあああ……」

と、それまで声を堪えていた弥陀ノ介が、獣《けもの》の雄叫《おたけ》びを上げ始めた。

「そうだ。参ったか。降参か。許してほしいか。楽になりたいか。どうだ。言う気になったか。言うと言え。言え、言え」

弥陀ノ介の雄叫びが、忍耐の限界を告げているかに思われた。

雄叫びがかすれ、三人の罵声《ばせい》が力を出しきり、途ぎれかけた。途端、

「き、き、気持ちが、よいわ……か、身体の、凝《こ》りが、ほほ、ほぐれる、ぞぉ……」

と、弥陀ノ介が苦悶《くもん》の声をぎりぎりに絞り出した。

弥陀ノ介の膝へ叩きこまれた六尺棒が、その瞬間、真っ二つに折れた。

宙に舞った折れた先が、蠟燭の明かりの届かない土蔵の隅の石畳へ転がっていく

と、土蔵内の興奮が一気に冷《さ》めた。

三人は手を止め、荒い呼吸で肩を上下させながら、互いに顔を見合わせた。顔に汗が噴《ふ》き出ていた。

弥陀ノ介は雄叫びを上げてから気を失ったらしく、ぐったりとなって、縄と一緒にわずかにゆらめいていた。

垂れた爪先《つまさき》から、血のにじんだ汗か水の雫が、かすかな命の残量を数えるかのようにしたたった。

「これ以上やったら、死んでしまうのではないか」

「はあ、ここで死なせてはまずいな」

「少し休もう。疲れた……」

「前から返は、獣の親類かと思っていたが、獣どころではない。こいつは、化け物の親類だ。こいつに吐かせるのは、無理ではないか」

「こんな化け物、おれたちでは無理だ」

「まさにな。こんな化け物みたいなやつが、本当に賄賂《わいろ》をとったのか」

「まったくな。よくここまで耐えられるものだ」

「おれはもう、いやになった。なんでおれたちが、この役目をやらされなければならぬのだ。怪しいと思うなら、思う者がやればいい」

「南部さまの命令だ。文句があるなら南部さまに言えよ」

言われたひとりが唇を歪め、ふう、と吐息をついた。土蔵の壁に背を凭《もた》せかけ、立て膝の格好で坐りこんだ。そして、膝頭へ両手をだらりと乗せた。

ほかの二人もそれぞれ、壁を背に並んで坐りこみ、吊り下げられて動かない弥陀ノ介を呆然《ぼうぜん》と見上げた。

土蔵は出入り口の戸も窓も閉ざし、外の明かりはもれてこなかった。

二本の蠟燭が蠟燭たてに灯《とも》されているが、まだ明るい刻限だった。しかし、外は静まりかえって、かすかな物音も聞こえてこなかった。

「返は、本当に賄賂をとったのか」

と、ひとりが隣へささやきかけた。

「左池さまと南部さまがそう仰っているんだから、そうなのだ。だからわれらが返をこうして、責問しておる。くそ。観念して、さっさと白状したらどうだ」

もうひとりが弥陀ノ介へ、溜息《ためいき》と一緒に吐き捨てた。

「ということは、片岡さまが返の親分ということなのだろう?」

「当然だ。返は片岡さまをお頭と呼び、腹心を自任しておる。片岡さまの指図があったればこそ、賄賂を要求したのだ。つまりだ、左池さまと南部さまの真の狙いは、親分の片岡さまなのだ」

「しかし、片岡さまは御目付役の筆頭格だぞ。片岡家の由緒ある家系の中でも、殊《こと》に当代の信正さまは上さまの覚えがめでたいというではないか。それほどの片岡さまが、両国橋修復の普請ごときでどれほどの賄賂を求められたのだ。瀬士家から、ちょっとしたつけ届けがあっただけではないのか」

「そうだな。これが万が一間違いだったら、えらいことだぞ」

「間違いのはずがあるまい。動かぬ証拠があるから返を捕らえたのだ。だから、御参政は左池さまに、厳格な調べを申しつけられた。幕閣もすべて承知の上のことだ」

「動かぬ証拠があるなら、責問などせず、さっさと入牢《じゅろう》にして、評定所のお裁きにゆだねればよいではないか」

「そうはいかんだろう。証拠だけでは罪には問えん。おぬし、そんなことも知らんのか。罪を犯した者の白状がなければならぬ」

「知っているさ。わざと言ったのだ。おれが言いたいのは、責問をやるのなら、牢屋敷か町奉行所の同心らにやらせればいいだろう。こんなところでわれらにこっそりやらせるのは、動かぬ証拠が実は怪しいからではないか。それにな、真の狙いが片岡さまなら、片岡さまに責問をやればいいだろう」

「馬鹿を言うな。御目付筆頭格の片岡さまに責問などできるわけがない。ゆえに下《した》っ端《ぱ》の返に白状させるしかあるまい」

ひとりが、ふむ、と溜息のようなうなり声を出した。

「片岡家の家禄《かろく》は千五百石だ。御目付さまの職禄が千石。二、三十両のはした金のために、万が一露見したらお役御免どころか、由緒ある片岡家に累がおよびかねんような危ない橋を渡るとは思えぬ。よほど大きな裏金でなければ」

「となると……数百両、いや、数千両か」

「けどな、高々、両国橋の修復だぞ。一体幾らの裏金が動いた。それも三年前の一件だ。なぜ今になってわかった。妙だとは思わぬか」

「ここまでやって、これが間違いだったとわかったら、われらはどうなる。無事ですむのか。やりすぎたのではないのか」

「これは支配役のお指図だ。間違いであろうとなかろうと、お指図には従うしかあるまい。仮に間違いだったとしても、われらになんの責任がある」

「そ、そうだとも。われらに責任はない。大体がだ、われらのような下役にはわからぬが、千石から二千石の中途半端な大家が、案外、台所勘定の遣《や》り繰りが大変だと聞く。大家は大家なりの体裁《ていさい》が必要だからな。片岡さまはきっと、目先のはした金に目がくらんだ。どんな者にも魔が差すということはある。むろん、返も一緒にやったのだ。そうに違いない、よなぁ？」

「しかし、返はわれらと同じ御目付さま配下だし……」

三人はそろって、気を失ってぶら下がっている弥陀ノ介を睨み上げた。

すると、縄がこすれ、屋根裏の梁が軋みをたてた。じっとぶら下がって動かなかった弥陀ノ介の肉塊が、なぜかゆっくりと三人の方へ廻り始めた。

ああ？――と、唖然《あぜん》とした三人を、ざんばら髪の間から瞼の腫れ上がった気味の悪い目が、見つめたのだった。弥陀ノ介は気を失っていなかった。

「お、おぬしら、よく考えろ。これは、片岡さまを陥《おとしい》れる、策謀だ。むむ、無理だ。すぐ、破綻《はたん》する。手を引く……今のうちだ。手を引く、のは……」

と、うめき声をかすれかすれに絞り出した。

「ええい、不埒者が知ったふうに。おい、やるぞ」

「よし。もう手加減はせん」

二人が立ち上がり、三人目が気乗りしない様子で続いた。

「おお、やれ。もっとやれ。おぬしらが、入牢したら、さ、差し入れをしてやるぞ。

差し入れには、何が、望みだ。ぐふ、ぐふ……」

弥陀ノ介が息苦しげな笑い声を、吐き捨てた。

「ほざけ、下郎が。いっそ殺せと泣いて頼むまで、責め続けてやる。洗いざらい、白状させてやる」

ひとりが喚いたとき、土蔵の外に人の気配がした。

戸が重たげに開き、土蔵内の汚れた澱《よど》みを昼間の明かりが吹き払った。

目付の左池帯刀に続いて徒目付組頭の南部六郎が、数名の徒目付らを従え、射《さ》しこむ外の明かりと一緒に入ってきた。

左池は、手にした尺扇で黒の裃の半袴を軽く叩きながら、土間の濡れた石畳をさけるように弥陀ノ介の周りをゆっくりと廻りながら、弥陀ノ介を見上げたまま、壁ぎわへ退いた三人へ言った。

「まだ、吐かぬか」

「しぶといやつです。いまだ……」

ほかの者もみな一様に、弥陀ノ介を見上げている。

「気を失ってはいないのか」

「ああ見えて、われらに強がりを言っております」

「何を言った」

「はい。片岡さまを庇《かば》うようなことを。それだけです」

左池が尺扇を膝に打った。

「ふん、どこまで持つかな。なあ、南部」

「まだ半日。今までは小手調べです。これからです」

後ろに従う南部が笑い、さらに後ろの徒目付衆の中のひとりに言った。

「権太左衛門《ごんたざえもん》、支度しろ」

はあ——と、徒目付衆の後ろから尾黒《おぐろ》権太左衛門が低く答えた。

尾黒はみなが裃の中で、ひとり頭に鉢巻《はちま》きをつけ、襷をかけた着流しを尻端折《しりっぱしょ》りにし、膝頭から下をむき出した素足に草鞋《わらじ》履《ば》きの拵《こしら》えだった。

尾黒は中背《ちゅうぜい》の特に目だつ男ではないが、徒目付組頭の南部六郎配下一のあらくれで通っていた。すぐに激昂《げっこう》する気性で、尾黒が逆上すると危ない、と朋輩の間でさえ交《まじ》わりをさけられている男でもあった。

しかも尾黒は、何重かに巻いた太い鎖《くさり》を手に提《さ》げていて、進み出てくると鎖が触れ合って重たげな音をたてた。

壁ぎわの三人のそばへきて、三人が投げた会釈にぼってりとした一重《ひとえ》瞼の垂れ目をかえしただけだった。

両刀を腰からはずし壁にたてかけ、左池の方へふり向いて「どうぞ」と言った。

「よし、返を下ろせ」

左池が尺扇で自分の足下を指し、壁ぎわの三人に言った。

弥陀ノ介は乱暴に落とされた。

転がった弥陀ノ介の両わきを二人がとり、左池の前へ引きずった。

弥陀ノ介は左池の足下に俯《うつぶ》せに横たわり、うめき声を石畳へ吐き出すように長々と響かせた。

「どうだ返、応《こた》えたか。まだ白状する気にならぬか」

と、左池がかがんで言った。

「これまでは小手調べだ。だんだん厳しくなるぞ。身分の差はあれ、同じ御公儀に仕える身のおぬしにこれ以上むごいことはしたくない。お役目でやむを得ぬともな。もう十分に頑張って片岡に義理はたったであろう。そろそろ、楽になったらどうだ」

弥陀ノ介は俯せて、何も答えなかった。

ざんばら髪が弥陀ノ介の顔を、簾《すだれ》のように隠していた。

それを左池は、汚い物を扱うふうに尺扇でのけ、乾いた血がこびりつき気味が悪いほどに腫れ上がり、あるいは潰れて歪んだ顔をのぞきこんだ。

「返、おまえは見栄《みば》えはしないが頭のいい男だ。腕もたつ。それはわたしが知っている。片岡もそれを知っているから、身分の低いおぬしを重宝《ちょうほう》し、腹心のごとく扱ってはいる。だが、おぬしは片岡に都合よく使われているだけだ。あの男は、身分の低いおぬしに汚れ仕事をやらせ、おのれは手を汚さず、懐《ふところ》を肥《こ》やしている。事が露見すれば、おぬしに罪を全部押しつけるつもりなのだ。片岡はそういう男だ」

左池は、わかるな？　というふうに首をかしげ、笑みを投げた。

「片岡が何をやり、おぬしが何をやらされたか、われらは全部つかんでおるし、すでに御執政、御参政もご承知の事態だ。だからおぬしはただ、やった、と言えばよい。おぬしの口上書はこちらが用意する。そこに爪印《つめいん》を押せば終わる。むろん、おぬしがそれによって罰せられることはない。おぬしが片岡の不正を明らかにするのだ。その功に免じ、おぬしの罪を問わぬお許しは御参政より得ておる」

弥陀ノ介が横たわったまま、また低いうめき声を響かせた。

「片岡にどのような裁断をくだされようと、おぬしは今まで通り、務めを果たしておればよい。今後はわたしが、おぬしの後ろ盾になってやる。わたしの下で存分に腕をふるえ。おぬしの先々は安泰だ。わたしが約束する」

左池の尺扇が、弥陀ノ介の肉の盛り上がった肩に触れた。その肌には、紫色の痛々しい縄の跡が数条の縞になっていた。

弥陀ノ介は、うめき声と一緒に肩をゆっくり上下させた。

「わかったか。安心したか。では承知だな。承知ならば、すぐに介抱をしてやる。だいぶ痛い目に遭わされたが、みなも役目でやったことだ。恨んではならぬぞ。返の縄を解いてやれ」

徒目付のひとりが後ろ手に縛った縄を解いた。

その間、弥陀ノ介のかすかなうめき声は続いていた。縄が解かれ、

「南部……」

と、左池が南部六郎へ目を上げたとき、弥陀ノ介の骨ばった指が虫のように這《は》い、左池の足先に触れた。

「うん？」

虫のような五指が、裏つき草履に白足袋《しろたび》の左池の足を包んだ。そうしてわずかに頭をもたげ、ざんばら髪が垂れた間から、ふさがった目で左池を見上げたのだった。

「さ、左池さま。りょ、両国橋の、修復の一件で、ございましたな。あれは、ささ、三年前の……」

弥陀ノ介は、懸命に嗄《しやが》れ声を絞り出した。

「そうだ。片岡の指図で、やったと言え。楽になれ」

左池が弥陀ノ介の顎へ、尺扇をあてがった。

弥陀ノ介は唾《つば》を呑みこんだ。

「片岡さまが、な、何をやり、それがしが何を、やらされたか、全部つかんで、おられると、申されましたな」

喘《あえ》ぎ喘ぎ、言った。

「つかんでおる。何もかもだ。もはや言い逃れはできぬ。片岡はお役目を解かれ、評定所の裁きを受ける身となる。片岡も片岡家も、終わりだ」

すると、弥陀ノ介のごつい頭が小刻みに震え出した。くっ、くっ、とくぐもった声が震えに合わせてもれた。

「こいつ、泣いておるぞ。返が泣くと、まさに鬼の目にも涙、だな」

左池が南部や周りの徒目付らを見上げて言った。

「返ならば、鬼ではなく、化け物の目に涙、ですな」

南部が言い、徒目付らがどっと笑った。

「左池、さま。お、おやめなされ。むむ、無理だ、あなたでは……」

弥陀ノ介の嗄れ声が、徒目付らを一瞬で静めた。弥陀ノ介は、泣いていたのではなく、笑っていた。

左池の形相が険しくなった。

「どうせ、誰ぞと裏で、口を合わせたか、いい加減な、ししし、証拠を、でっち上げられたので、ござろう。だ、誰かにそそのかされたのでござろうが、下手《へた》な、策謀ですぞ。ご忠告を、も、申し上げる。左池さまに、そんな知恵は廻らぬ。これで、終わるのは、あ、あなただ。やめときなさ……」

「黙れっ」

左池が弥陀ノ介の口を、尺扇で音高く叩いた。

弥陀ノ介は堪えきれずに仰向《あおむ》けに倒れ、なおも途ぎれ途ぎれの笑い声を蠟燭の明かりが届かない暗い屋根裏へ響かせた。

「下郎が。まだ足りぬか」

左池は立ち上がって、腹だたしげに言った。

「南部、おぬしに任せる」

「お任せを。権太左衛門、やれ」

南部が尾黒へ顎をしゃくった。

尾黒の提げた鎖が石畳に引きずられ、不気味に鳴った。二灯の蠟燭の火が、引きずる鎖の音に怯《おび》えてゆらめいた。

「こいつの下帯をとって、素っ裸にしろ」

壁ぎわの三人に命じ、三人は、なんだと、と尾黒へ不満の色を露《あら》わにした。

左池が南部に任せて土蔵を出ていくと、下帯もとられ全裸にされた弥陀ノ介は、再び両手首を結《ゆわ》えられた。そうして今度は、両腕を天へ突き上げる格好で屋根裏の梁に吊るされた。

だが、身体をのばして足の爪先が石畳へかろうじて届く高さに止められた。

「そこでいい」

尾黒はにやにやと顔を歪めた。浅黒い額に、薄く脂汗《あぶらあせ》が浮いていた。

梁に架《か》けた縄を、徒目付の二人が弛《ゆる》まぬように引き、ひとりはいつでも水をかけられるよう、天水桶のそばから見守った。

蠟燭たてが弥陀ノ介の左右に、大きく離しておかれた。

尾黒が巻いていた鎖をほどいてひと筋にして垂らしたため、鎖をふり廻してもあたらぬほどの間を開けたのだった。

尾黒以外の徒目付と徒目付組頭の南部が、蠟燭たての外側に弥陀ノ介を囲んだ。抑えた話し声が流れる中で、尾黒が鎖をまた石畳に引きずった。

「返、おまえは馬鹿だ。これ以上片岡さまを庇いだてして、おまえになんの得があるのだ。左池さまが言われたろう。事は明らかになった。片岡さまはもう終わりだ。おまえが片岡さまに忠誠をつくす意味は、なくなったのだ」

南部が蠟燭たてのそばから言った。

尾黒が鎖を前後にゆらすたび、鎖の先が石畳に触れて、女の笑い声のような音をたてた。

「南部さん、事が明らかなら、さっさと入牢に、しろ。できぬか。おれの口上書をでっち上げねば、入牢させられぬか……誰かと裏で口を合わせただけでは、ここ、子供だましの、さ、策謀だから……馬鹿は、おぬしら……」

弥陀ノ介が爪先を懸命にのばし、幾ぶん張りの戻った声を吐き出した。

南部が尾黒に目配せを送った。

瞬間、引きずられた鎖が、土蔵内をうなりながらひと回転した。鎖は、五尺少々の弥陀ノ介の短軀にゆっくりとからみついたように見えた。

鈍い音と共に、弥陀ノ介の鍛えた腹部の筋が震えた。

「あう……」

弥陀ノ介は喚き、足を浮かせて身体をよじった。

責問を続けてきた三人の徒目付は驚いた。それまで頑強に堪えていたが、まったく違う打撃が弥陀ノ介を襲ったことがわかった。

「ぐ……な、南部さん、今のうちだぞ。て、手を引くのは……今のうちなら、お、おれが、片岡さまに、とりなしてやる……」

弥陀ノ介が爪先を宙に浮かせたまま、強がりを言った。

そこへまた、尾黒の鎖が鈍い音をたててからみついた。すでにむごたらしく疵ついた肌のさらに上に、赤黒い打撃の跡が見る見る広がった。しかし二打目は、予期していたからか、弥陀ノ介は喚かなかった。のみならず、息を喘がせつつ周りへ、

「おぬしらも、よく考えろ。あう……片岡さまと、左池さまの、どちらにつくか……どちらが正しい御目付さまか……」

とり巻いた徒目付らは何も言わなかった。

しかし、尾黒は、顔に嘲笑《ちょうしょう》とあなどりを浮かべているばかりだった。

鎖が石畳に鳴り、宙にうなった。

鎖は爪先までのびきった弥陀ノ介の身体を襲い、露わな下腹へからみついた。

「ぐわあっ」

弥陀ノ介が堪えきれずに叫んだ。身体を折り曲げた。激しく苦悶した。足を宙に浮かせ、虫のように身体を折り曲げた。


尾黒が甲高《かんだか》い声で笑った。明らかに尾黒は、苛むことを面白がっていた。

続いて二打、三打と鎖がうなり、弥陀ノ介の下腹の肉をもぎとりそうな激しさで打ち据えた。

「あぐう……」

弥陀ノ介の声の力が失せていた。

「南部さま」

とり巻いている中のひとりが、見かねて南部へ言った。

南部は唇を歪め、それに頷いた。

「権太左衛門、返は証人だ。死なせてはならんぞ。手加減をしろ」

「心得ております。本気でやればあばらなど、一撃で折れるのです。強がってはおりますが、もうすぐ落ちます。お任せを」

尾黒が額の脂汗を、手の甲でぬぐった。

六

その夕暮れ、市兵衛は縄暖簾をわけ、油障子に《飯酒処　喜楽亭》と記した一膳飯屋の腰高障子を鳴らした。

喜楽亭は茜《あかね》色の夕日に染まった深川《ふかがわ》の油堀《あぶらぼり》端にあって、醤油樽《しょうゆだる》に長板を渡した卓を五、六台の醤油樽の腰掛が囲み、その卓が二つ並んで十二、三人も客が入れば満席になる小店である。

長板の卓のひとつを、渋井鬼三次《きさじ》と助弥《すけや》、柳井宗秀《やないそうしゅう》が囲んでいる。

醤油樽の腰掛にかけた渋井の足下に坐った《居候《いそうろう》》が、腰高障子を開けた市兵衛の前へ素早く駆け寄り、尻尾《しっぽ》を愛想《あいそ》よくふりながら小さく吠《ほ》えた。

市兵衛は居候へ「やあ、元気か」と声をかけた。それから三人へ、夕焼けの燃える空を背に笑みを向けた。

渋井が盃を舐めながら「おう」と頷いた。隣の助弥が手を上げた。「市兵衛、こっちだ」と、向かいの宗秀が手招いた。

「市兵衛、しばらく見なかったな。どうしていた」

宗秀の隣に腰かけると、渋井が八の字眉の下のちぐはぐな目をゆるませた。

「知り合いに手伝いをしばらく頼まれ、そちらの用でこられなかったのです。昨日でようやく片づきました」

「知り合いの用かい。そいつはめでたい用かい。それとも厄介《やっかい》な用かい」

「ありがたいことに、めでたい用です」

「めでたい用かい。そいつはよかった。けど知り合いの用なら、相変わらず、金にならねえ用だな。市兵衛の知り合いは怪しいのが多いからさ」

と、渋井はひとりで機嫌よく笑った。

怪しいのが多い――と言いながら、渋井は市兵衛の知り合いを知らないし、訊ねもしなかった。本当は薄々気づいているが、市兵衛が言わないのなら知らないことにしておこう、というのかも知れなかったが。

渋井鬼三次の綽名《あだな》は鬼しぶ。北町奉行所定町廻《じょうまちまわ》り方《かた》同心である。本所《ほんじょ》深川浅草あたりの盛り場の顔利きや貸元《かしもと》の親分衆から、「あいつが現われると、闇《やみ》の鬼さえ渋面《しぶづら》になるぜ」と嫌われけむたがられていたのが、いつの間にか鬼しぶと呼ばれるようになった。

しかし本人は、鬼しぶと呼ばれることをまったく気にしていない。

その鬼しぶの手先で、助弥が面長《おもなが》をさらに間のびさせて言い添えた。

「市兵衛さん、先だって、雉子町の八郎店をのぞいたんですよ。市兵衛さんは留守でやしたが」

「そうか。宰領屋の矢藤太から、渋井さんたちが見えたと聞いた。その折りかい」

「ええ、ええ。宰領屋へも顔を出しやした」

「矢藤太？　あの野郎は市兵衛の知り合いの中では特に怪しいぜ」

渋井が盃を舐めながら言ったので、市兵衛は徳利を隣の宗秀に差し、

「では宗秀先生は、どれぐらい怪しいのですか」

と、渋井の戯《たわむ》れに応じた。

「《おらんだ》は腕は確かだが、けっこう怪しいね。だいぶ上をゆく」

「何を言う。鬼しぶの旦那の怪しさにはかなわんさ。なあ助弥」

宗秀が、市兵衛のついだ酒を気持ちよさそうに呑んだ。

柳井宗秀は、京橋《きょうばし》に近い柳《やなぎ》町に診療所を開く長崎帰りの蘭医《らんい》である。市兵衛が大《おお》坂《さか》の商家に寄寓《きぐう》していた折り、宗秀も同じ大坂の蘭医の下で医業の見習に就いていた。市兵衛と宗秀は、大坂以来の仲である。

渋井よりひとつ年上の、四十を幾つかすぎたばかりの年ごろだったが、総髪に一文

字髷を乗せた髪はだいぶ白く、医術ひと筋に励んできた痩せた背中が丸かった。

渋井は宗秀を普段は《先生》と呼ぶけれど、喜楽亭で呑んで機嫌がよくなると、たいていおらんだである。

「そりゃあ、うちの旦那も相当怪しい旦那だから。市兵衛さんの知り合いの中じゃあ、うちの旦那が一番かもしれやせん」

助弥が渋井を横目に見て調子を合わせる。

「そうか。そう言やあ、おれも市兵衛の怪しい知り合いだったか。けどな、一番怪しいってえことは、一番奥が深《ふけ》えってえことなんだ。助弥、ありがたく思え。おれが奥の深え男だからおめえはもっているんだぞ」

「へえ。まことにもって、旦那のお陰でやす」

他愛《たわい》ない戯れ言を交わす二人の盃へも、市兵衛は徳利をかたむけた。

そこへ奥の棚《たな》に仕きられた板場から、胡麻塩《ごましお》の小さな髷を乗せた亭主が、盆に市兵衛の盃と箸と小皿、新しい徳利を載せて運んできた。

「市兵衛さん、ご無沙汰だったじゃねえか。一杯、つぐだで……」

亭主が市兵衛の盃に酒をつぎ、普段は無愛想《ぶあいそう》な顔をほころばせた。

市兵衛は盃を上げた。晩春の候《こう》、酒はもう冷《ひや》である。

「うん、喜楽亭で呑む酒は旨《うま》い」

市兵衛はひと息にあおり、亭主に言った。

「いろいろ用が重なったのだ。おやじさんと居候も、変わらず何よりだ」

卓の周りで、居候が尻尾をふっている。

居候は去年、渋井のあとをついて芝《しば》から深川の喜楽亭に流れてきた野良犬である。

亭主に飯を食わしてもらって以来、喜楽亭に勝手に住みついた。

無愛想な亭主に代わって、「いらっしゃいやし」と客へ愛想をふりまいている。

亭主は居候に名前をつけなかった。名前をつけないのかい、と客に訊かれると、名前をつけるとあとで食えなくなるだでな、と亭主は笑って答えた。

それでも客がなんとなく《いそうろう》と呼び始め、居候が名前になった。

「いつもの肴でいいか」

亭主がいつもの無愛想な口調で言った。

「ああ、いつもの肴でいい」

市兵衛が答えると、渋井が亭主を見上げて言った。

「いつもの肴たって、おやじ、いつもの肴以外に何かあるのかい」

「今日はねえよ」

「じゃあ、いいも悪いもねえじゃねえか」

「これも愛想だで。いつも通りは、いつも通りに安心できるってことだ。変わらずにいつも通りでいられるってえのはありがてえことだで、うちはいつもいつも通りだ。今日はたこを一緒に煮た。木更津《きさらづ》から今朝届いた活《い》きのいいたこだ。旨《うめ》えぞ」

と、亭主は言い残し、平然と板場へ戻っていった。

喜楽亭のいつもの肴は、関東の濃い口醤油とたっぷりの砂糖で甘辛く煮つめた、大根、人参《にんじん》、牛蒡《ごぼう》、蒟蒻《こんにゃく》、椎茸《しいたけ》、ときには鴨肉や魚のきり身を加えた煮物と、さっと炙《あぶ》った浅草海苔《のり》、沢庵《たくあん》や白菜《はくさい》、季節によっては茄子《なす》の漬物《つけもの》である。

六十近い亭主は、若いころは包丁一本を晒《さらし》に巻いて割烹《かっぽう》を渡り歩き、修業を積んだ料理人だった。亭主の拵える煮物のように甘辛い渡世の末に、こうして今は喜楽亭の亭主に納まっている。

「いやだね。煮物は食えてもおやじの理屈は食えねえってか。あのおやじも相当怪しいね。どいつもこいつも怪しいぜ。何しろ市兵衛が怪しい知り合いの大本《おおもと》だからよ」

あははは……

と、渋井が賑やかに笑って酒をこぼしたのを、助弥が「ああ、ああ、旦那、こぼれてますよ」と、手拭《てぬぐい》で慌ててぬぐうところもいつも通りである。

ところで渋井さん――と、市兵衛は渋井へ徳利を差してきり出した。

「じつはもうひとつ、知り合いに頼まれたことがあって、渋井さんに少々おうかがいしたいのです」

「なんだい。かまわねえぜ。なんでも訊きな。おれと市兵衛の、怪しい者同士の仲じゃねえか。なあ、水臭いことは言わねえよ」

と、渋井が酔うと、何か言うたびにひと言では収まらない。

夕暮れが迫って、町は宵の静けさに包まれていた。

表戸の腰高障子に映る縄暖簾の影と茜色の夕焼けは、市兵衛がきてからほどなく消え、油堀端の油商の会所に出入りする荷車も今はもう途絶えた。

肴を運んできた亭主が、天井と壁の掛行灯《かけあんどん》に明かりを灯し、居候が亭主の様子を見守ったのち、また卓の傍らへきて市兵衛たちに尻尾をふった。

「鎌倉河岸の京料理の薄墨なら、聞いたことはあるぜ。京料理は、妙に気どっておれは好かねえ。味ははっきりしねえのに値段が高そうだしよ。それに、上等でおます、みてえなくねくねした京訛は、しゃきんとしなきゃ気のすまねえ江戸者には、どうも調子が合わねえ」

渋井は愉快そうに話しながら、酒をすすった。

「そうそう。だから旦那は宰領屋の矢藤太さんと、かみ合わねえんでさあ。矢藤太さんも京男なんでやしょう？　ねえ、市兵衛さん」

「そうだ。矢藤太とは京で知り合った」

「矢藤太はな、妙な江戸言葉を使って、いっぱしの神田っ子みてえなふりをしていやがるがな。あいつは神田っ子じゃねえ。神田っ子もどきだ。他人は騙《だま》せても、おれはお見通しだぜ」

「けど、矢藤太さんは三河町界隈じゃあ、なかなかの顔利きって、評判ですぜ」

「そうなんだ。矢藤太の野郎は、妙に世渡りにたけていやがる。好かねえが、矢藤太のそつがねえところには感心させられる」

「渋井さん、五十松屋や伊丹屋という、料理屋か鰻屋をご存じではありませんか。主人は詳しいことを訊かなかったので、名前以外わからないそうです」

市兵衛は話を戻した。渋井は「ううん」とうなり、

「五十松屋と伊丹屋？　助弥、おめえはどうだい」

と、助弥へ顔をひねった。

「覚えがありやせんね。どこの町かわかりゃあ、蓮蔵《れんぞう》らに探させやすけど」

蓮蔵とは、助弥の下《した》っ引《ぴき》である。

「おらんだはどうだい。あちこち往診に出かけて、五十松屋と伊丹屋を見かけたり屋号を耳にしたりとかさ」

「知らん。だが、鎌倉河岸の薄墨は聞いたことがある。気むずかしい京料理の料理人がいて、美人の女将がきり盛りしている、とかだった。界隈のお金持ちか、大家のお武家しかいけぬ料理屋と聞いた。むろん、わたしもいけぬがな。市兵衛はその気むずかしい料理人を知っているのか」

「はい。知り合いに薄墨へ呼ばれ、何度か馳走になりました。その折り、料理人とも顔見知りになったのです」

「おいおい、するってえと何か。市兵衛の知り合いは、薄墨にいけるほどのお金持ちってえことかい」

「そうなのでしょうね。わたしの暮らしでは、薄墨のような値の高い料理屋へはいけませんから」

助弥が、「あっしもで」と相槌《あいづち》を打った。

「冗談じゃねえぜ。そのお金持ちの知り合いは仕事がらみかい。それとも市兵衛の縁者筋の、なんたらかんたらかい」

「はい。縁者筋のなんたらかんたらです」

市兵衛がさらりと答えた。

「やっぱりな。市兵衛は謎が多い。だから怪しいのさ。足軽の家と言いながら、どうも信用がならねえ。まだなんか隠していやがるな。助弥、おめえもそう思うだろう」

「思いやす。市兵衛さんは、どこか様子が違いやすからね。男ぶりもいいし……」

「市兵衛がか？　男ぶりがいいってか？」

渋井が首をひねった。市兵衛は渋井と助弥へ、に、と笑みを投げた。

宗秀は高笑いをして、旨そうに盃を重ねている。

「足軽の家は本当です。ですが、知り合いが金持ちであろうと、縁者筋のなんたらかんたらであろうと、わたしは渡りを生業にし、今は渋井さんたちと喜楽亭で酒を呑んでいる唐木市兵衛以外の何者でもありません。それだけですよ」

「だけどな、助弥……」

渋井と助弥は、それでは腑《ふ》に落ちないふうである。すると、

「鬼しぶ、助弥、放っといてやれ」

と、宗秀が渋井と助弥の盃へ酒をついだ。

「市兵衛には市兵衛なりにわけがあるのだ。触れられたくないのだ。誰にもそういう事情はある。わたしと市兵衛は知り合って長いが、わたしにも市兵衛に話していない

ことがある。話したくないのなら訊かぬ。話したければ聞く。それでいいのだ」

居候が卓の傍らで、ひと声吠えた。

「はは……居候も同感だと、言っておるぞ」

宗秀は市兵衛の盃へ徳利を廻した。

渋井が盃を持ち上げ、片方の手で居候の頭を撫《な》でた。

「わかっているよ、居候。おめえも他人に知られたくねえ過去があるんだな。おれにもあるぜ。だからおめえには、教えねえ」

渋井が酒をひとすすりし、市兵衛に言った。

「おれは度量が大きいんだ。細けえことは気にしねえ。で、市兵衛、薄墨の気むずかしい料理人と美人女将は、なんぞ関係があるのかい。話を続けな」

「じつは料理人と女将は、父と娘なのです。その娘の女将が、このたびめでたく祝《しゅう》言《げん》を挙げました」

「祝言? はは あん、読めた。市兵衛の知り合いのめでたい用たあ、薄墨の美人女将と知り合いの誰かとの祝言のことだな」

「お察しの通りです。女将がわたしの知り合いへ嫁《とつ》ぎ、父親は薄墨の接客におくみという女を雇ったのです」

「父親は娘の目がなくなったのをいいことに、おくみに手をつけた」

「手をつけたというか、互いに憎からず思い、懇ろになったのです」

「互いに憎からず？　料理人は幾つだ」

「六十を幾つかすぎた歳です」

「六十を幾つかすぎたおやじと、三十前の中年増が互いに憎からずかい。薄墨の料理人はなかなかやるじゃねえか」

「まったくで。大《てえ》えしたおやじさんでやすね」

渋井と助弥が顔を見合わせ、宗秀も盃を持った手を止め頷いている。

「ところが、そのおくみが、ある日、忽然《こつぜん》と姿を消しちまった。おやじはおくみに未練たらたらで、行方を捜してくれと頼まれたわけだな。けど、だいたいがよ、二人の仲はどれぐらい続いたんだ」

「懇ろになって、一ヵ月足らず、のようです」

「なんだ。たった一ヵ月足らずで、六十すぎのおやじが未練たらたらかい。よせよ。どうせおくみは、ちょいとその気になっておやじと遊んではみたが、本気なわけがねえ。すぐに飽きちまって逃げ出したんだ。碌《ろく》な女じゃねえよ。そんな女を追ったってむだだぜ。第一、薄墨ほどの高級な料理屋が、身元も定かじゃねえおくみをなんで接客に雇ったんだ？　そんなにいい女かい」

「目の下に小さなほくろがあって、目だたない十人並の器量と聞きました」

渋井はつまらなそうに、鼻先で笑った。

「以前、五十松屋か伊丹屋に奉公していたおくみという、三十前の年増だな。気をつけてはおくが、祝言を挙げた元女将の娘とか娘の亭主は、知っているのかい」

「娘や娘の夫には知られたくないと、言っておりました」

「そりゃあそうだ。いい歳したおやじが中年増に未練たらたらってえのは、ちょっとみっともねえしな。だから知り合いの市兵衛に廻ってきた。おっと、市兵衛、知り合いと言やあ、今日、妙なことを聞いたぜ」

渋井が盃をひとあおりにし、自分でかたむけた徳利のひとつが空《から》になった。

「おやじさん、酒」

と、助弥が空いた徳利を板場の方へかざした。

おうう——と、亭主の無愛想な声が板場からかえってきた。

「なんですか？」

市兵衛は渋井の盃へ酒を満たした。

「奉行所見廻りの御徒目付と、ちょいと用があって話をしたんだがな。今日の朝、御小人目付のひとりが御参政の指図により、御徒目付組頭に捕らえられたそうだ。どうやらその御小人目付は、支配役のある御目付さまと共謀し、だいぶ以前に不正を働いて私腹を肥やしていた。それが露見したんだ。御小人目付は虎之御門外の別の御目付さまの屋敷で厳しいとり調べを受け、疑いが固まり次第、入牢になるって話だった」

目付配下の徒目付には、奉行所監察の役割があった。つまり、役人を監察する役人である。

「御小人目付が……」

市兵衛は徳利を卓へおき、そのまま手を止めた。

「でな、その御小人目付が、なんと、市兵衛の知り合いの、返弥陀ノ介とかいうあのおっかねえ顔をした、岩みてえな男だって聞いたから、ちょいと驚いた。共謀した支配役の御目付さまも、断罪はまぬがれねえ。今はお屋敷に謹慎の身らしいが、御小人目付と一緒にこれも入牢間違いなしだってよ。いつごろのどんな不正か、御徒目付衆の間じゃあみな口を閉ざしているから、事情はわからねえそうだがな」

市兵衛は唇を結び、目を卓へ落としていた。黙然として、動かなかった。

「おや、どうかしたかい」

新しい徳利を運んできた亭主が、市兵衛の様子に気づいて言った。

「市兵衛、大丈夫か」

隣の宗秀も、心配して訊いた。

「先生、渋井さん、助弥、急用ができた。今日はお先に失礼します」

市兵衛は腰掛から立ち、刀を腰に帯びた。

「ええ、急用が？　だが、外はもう暗いぜ」

「渋井さん、いかねばなりません」

市兵衛が菅笠の紐《ひも》を結びながら言うと、渋井は市兵衛の冷ややかな口調にかえって戸惑いを覚えたらしく、

「あ、ああ。おめえ、い、いかなきゃあならねえって、どこへ……」

と、口ごもった。

「おやじさん、またくる。勘定は次に頼む」

「幾らも呑んじゃいねえ。心配はいらねえよ」

そう言った亭主の足下で居候が、なぜ、どこへ、と問い質すかのように吠えた。

「静かにしろ」

亭主が居候をたしなめた。

七

謹慎は士分以上に科せられる、一種の咎めである。役目上の過失などにより、出仕を止め、自宅にて身を慎むのである。

市兵衛が、油堀の喜楽亭を出て大川《おお》に架かる永代橋を渡っているとき、夕六ツ（午後六時頃）を報《しら》せる本石町《ほんこく》の時《とき》の鐘《かね》を聞いた。

諏訪坂の片岡家を訪ねたのは、五ツ（午後八時頃）に近い刻限だった。

しかし信正は、居室に謹慎して市兵衛に会わなかった。

謹慎は差控《さしひかえ》より軽く、訪ねてくる者があれば面談できぬことはなかったが、信正は律儀《りちぎ》に謹慎を守った。

支配役の若年寄より当面の謹慎を求められ、本来ならば身にふりかかった疑いを自らはらしたいところだろうが、信正はやむを得ず謹慎を受け入れた。

若党の小藤次に通されたいつもの書院の一室で応対したのは、一昨日、信正と祝言を挙げたばかりの身重の佐波だった。

来客の応対は奥方の役目ではない。

佐波は片岡家の奥方になっても、「市兵衛さんは身内ですから」と、大きなお腹を抱《かか》え所作が大儀そうながら、若党には任せなかった。

「殿さまは、市兵衛さんと一番会いたがっておられました。ですが、謹慎の身ゆえ、今宵は会うのを控えると仰っておられます」

佐波の普段は薄桃色の明るい顔は、血の気が引き、少々白かった。身重の身体に、いいことではなかった。

「夕刻になって町方のわが知人より、弥陀ノ介の捕縛と兄上の謹慎を聞かされ、驚きました。以前、何かの不正があってその嫌疑によるとかで、詳しい経緯《いきさつ》や事情はわかりません。弥陀ノ介を捕らえた御徒目付衆の間でも、みな口を閉ざしていて、正確な話は伝わっていないようです」

佐波は、ゆるやかに白い顔を頷かせた。

「それは殿さまとて、同じです。今朝、登城するとすぐに若年寄さまより呼び出しがあり、殿さまに三年前の両国橋修復の折りに不正を働いた疑いがあると、告げられたそうです」

「三年前の一件が、なぜ今ごろ、なのでしょうか」

「わかりません。両国橋修復の、一体どのような疑いなのか、殿さまご自身もわからないと仰っておられます」

気が張っているのだろう。そう言った佐波の目が少し潤んでいた。だが、眼差しはしっかりしている。

「元より、殿さまの身に覚えのない何かの疑いゆえ、きちんと調べがなされれば疑いはすぐにはれる、心配はないとも仰っておられるのですが。ただ……」

佐波は膝を進め、少し声を落とした。

「同じ疑いで返さんが捕らえられ、御目付の左池帯刀さまのお調べを受けているとのことでした。返さんが捕らえられたのは、本来なら殿さまが調べを受けるのが筋のところを、殿さまの身代わりに調べられていると思われるのです。それをとても気になさっておられます。それと、左池さまは厳格なご気性らしく、返さんの調べに厳しく臨《のぞ》んでいるのではないかと、それも心配なさっておられます」

「それは、弥陀ノ介に責問が行われているかもしれない、ということですか」

佐波の島田《しまだ》が、また小さくゆれた。

「返さんは殿さまの下で、お勤めひと筋のまっすぐな方ですから、頑《かたく》なさがかえって秘め事を疑われ、苛烈に責められているかもしれぬと……」

「そうですね。弥陀ノ介は裏表のない男です。大人しく調べは受けていないかもしれません。虎之御門外の御目付さまのお屋敷で、調べを受けていると聞きました。左池さまのお屋敷は、虎之御門外なのですね」

「虎之御門外の、やぶ小路です」

「虎之御門外のやぶ小路、左池帯刀さま。様子を探る手だてが何かあれば。兄上にお指図をいただけるとありがたいのですが、今、どうしておられますか」

「はい。そのことで殿さまは今、市兵衛さんにお渡しする書状を、したためておられます。書状は、三年前の両国橋修復の課役を命じられた丹後の瀬士家あての添状《そえじょう》です。両国橋修復の顛末《てんまつ》を一番承知しているのは瀬士家のはずです。とにもかくにもまずは瀬士家に話を聞き、どんな疑いがかかっているのか、確かめねばなりません」

「承知しました、義姉上。兄上の添状を持って、瀬士家へいってまいります」

「お願いします。謹慎の身でなければ殿さまご自身が出向かれ、事情を調べ、誤解や間違いを一刻も早く正すところですが、それはできません。と言って、配下の御徒目付衆や御小人目付衆に表立って指図をすれば、指図された者にあらぬ疑いがかかる恐れがあります。ですから市兵衛さんにお頼みするしかないのです……」

「お任せください」

市兵衛は、身重の佐波を少しでも安心させたかった。

「それから添状と一緒にお金をお渡ししますから、お金も持っていってください。それは市兵衛さんへの謝礼ではなく、人と会う折りには、何かと入り用な場合があると思います。そういうときのために、持っていた方がいいのです。役にたちます」

「わかりました。お預かりします」

「それと、赤坂御門外の返さんの組屋敷はご存じですか」

「存じております」

「同じ組屋敷に岡本伸三《おかもとしんぞう》と申される方がお住まいです。岡本さんは、御小人目付衆が職分をわけてお調べに就く折りに、返さんといつも組になる朋輩です。信頼のおける方で、きっと市兵衛さんの力になってくれます。岡本さんに会うようにと、殿さまが仰っておられます」

隠密目付とも呼ばれる小人目付は、重き調べに就く場合、二人が組になって功罪の両面よりそれぞれ専任してあたる。当番目付の面前に二人が召され、紅白の籤《くじ》を上席の者が引いて決めるのである。

「岡本さんは知っています。昨日の兄上を囲んだ宴席でも、岡本さんとは言葉を交わしました。気のいい男です」

「そうですか。それはようございました。それでは、添状ができるまで、しばらくお待ちください。市兵衛さん、夜食は召し上がりましたか」

「いえ、まだです」

「では、茶の間に用意させます。召し上がっていってください」

「いただきます。慌てて走ってきましたから、もう腹がぺこぺこで……」

市兵衛が言うと、佐波は「あは……」と、やっと明るく童女のように笑った。


一刻後、市兵衛は半蔵《はんぞう》御門外の麴町の通りを、麴町三丁目から二丁目の方へ提灯《ちょうちん》の明かりを頼りに歩んでいた。

提灯も佐波が用意してくれたものである。

町家はどの店《たな》もすでに表戸を閉じて、漆黒《しっこく》の夜の帳《とばり》に閉ざされている。

犬の遠吠えが夜空を流れ、通りの先の半蔵御門の方に、何かの屋台の小さな明かりが寂しく見えるばかりである。

夜の帳の中に、近づく夏の気配がほのかに感じられた。

兄の信正と弥陀ノ介のことがなければ、心地よい晩春の夜更《よふ》けなのだが、と市兵衛は思った。めでたい祝言が終わったばかりなのに……

麴町の通りから、御厩谷《おんまやだに》のなだらかな坂道の方へ折れた。

町家を抜けると、あたりは道の両側が火除《ひよ》けをかねた騎射調練の御用地になっており、広々と続く御用地は、分厚い闇に閉ざされている。御厩谷の道のずっと先に番《ばん》町の組合辻番があるが、辻行灯の明かりもまだ見えなかった。

市兵衛の提げる提灯が、暗い道をおぼろに照らしていた。

御用地の間の通りをゆきながら、人の気配が前方より近づいているのを、市兵衛はすでにわかっていた。

前方よりの人は、提灯を提げていなかった。

提灯もなく夜更けに出歩くと、咎めを受ける。番所で必ず呼び止められる。だが、やむを得ない場合もある。市兵衛も諏訪坂まで、提灯を持たずにいった。

とは言え、前方の人の気配は少々訝しかった。息遣いや足どりに、よけいな力が感じられた。

二人だな……

会釈を交わし粛《しゅくしゅく》々と通りすぎるのみ、と市兵衛は歩みを進めた。

影が二つ、前後になって市兵衛の右側にみるみる近づいてくる。

侍には違いなかったが、提灯の薄明かりでは風貌を見定めることはできなかった。

三間（約五・四メートル）をきるまでに近づき、初めに見えたのは深編笠とゆれる袴の裾《すそ》、それに少し汚れた黒足袋と草履だった。

市兵衛は歩みを止めて菅笠に触れ、二人へ軽い会釈を投げた。

二人は黙然と、市兵衛の右傍らを通りすぎてゆく。

通りすぎてゆくかに思われたとき、最初に乱れが生じたのは草履の音だった。

前の侍が、息をつめてうめいた。

ぶうん、と抜き打ちの大刀が暗がりの中でうなった。

身をかがめた市兵衛の頭上の宙を、刃が鋭く斬り裂いた。

刀がかえり、二の太刀《たち》が襲いかかってくる。

市兵衛は、かえしより早く前方へ身を逃がし、十分の間を開けた。

後ろに続いた侍は、市兵衛の動きを予期していた。

抜刀と共に上段から袈裟懸《けさがけ》を浴びせた。

「しゃっ」

と、深編笠をゆるがせ、声を発した。

追い打ちが間をつめ、二人の動きは明らかに修練を積んだ連係が見えた。

袈裟懸の白刃がうなりを上げ、提灯の明かりにきらめいた。

後ろの侍の袈裟懸は、傍らをすり抜け、さらに前方へ身を逃がした市兵衛の動きに間に合わなかった。

一撃は空しく残像を斬り裂いたのみだった。

二人の目が追った先に、ふり向いた市兵衛の事もなげに佇んでいる姿が見えた。

かざした提灯の丸くやわらかい明かりが、市兵衛の痩軀をくるんでいる。

双方ともに激しい攻めだった。だが、鋭さを欠いていたのは、襲いかかる前の気配がすでに乱れていたからである。

二人は、紙一重の差で逃げられた、と思っていた。

それにこれは小手調べだ、と無雑作《むぞうさ》に間をつめた。

「この夜更けに、物騒ですな。怪我《けが》をしますぞ。ご用があれば申されよ。大抵のことは話せばわかります」

市兵衛はやわらかな明かりに負けぬほどやわらかに、微笑んだ。

二人は束《つか》の間《ま》、気勢を削がれたが、まだ気づいてはいなかった。それぞれの初めの太刀が、紙一重の差ではなかったことにである。

二人は、唐木市兵衛という男の腕を確かめることが狙いだった。さほどの腕前でなかったのなら、そのまま始末してもよい、という指図だった。

長身だが、痩軀に腰の刀が重そうに見えるほど、気骨が感じられなかった。

そのため、これしきの男か、と思った。

「少々手元不如意《ふにょい》でな。喜捨を無心いたす」

間をつめながら、ひとりが手はず通りに言った。

「追剝《おいはぎ》のごときふる舞い、感心しませんが、多少、持ち合わせがある。物騒な刀を引かれるなら、ご助力いたしましょう。いかほど必要ですか」

微笑みを消さず、平然と答えた。

「いかほども何ほどもない。懐のもの全部だ」

前後して二人が上段にとって、瞬時に間をつめた。

市兵衛は動かなかった。ただ、提灯の明かりが左右へ、まるで陽炎《かげろう》のようにゆれたばかりだった。

最後の一歩を踏みこんだ刹那《せつな》、提灯の明かりが夜空に舞った。

あたりが、ふわ、と淡い明かりに包まれ、一瞬、二人は明かりに気をとられた。

そのとき前の侍が上段へとったかまえのまま、打ち落とす間もなくひと突きの喉輪攻めを受けて仰《の》け反《ぞ》り、間髪容《かんはつい》れずもうひとりの手首がつかまれ、風車が廻るように腕がねじり上げられた。

ねじり上げられた侍が悲鳴を上げ身体を一回転させたとき、市兵衛は咄嗟《とっさ》に身をかがめ、「おっと」と、落下する提灯の柄《え》を地面すれすれにつかみとった。

ひとりが仰《あお》のけに倒れ、一回転しながら吹き飛んだもうひとりが御用地の並木へ逆さまの格好で叩きつけられたのは、市兵衛が提灯の柄をつかみとったあとだった。

提灯が夜空にひと舞いして儚く落下するまでの、一瞬の出来事だった。

提灯の火はゆれていたが、つかんだ柄の下で、やがて大人しくなった。

市兵衛は大人しくなった火を確かめ、微笑んだ。

「よかった。義姉上に用意してもらった提灯を台無しにするところだった」

かがめた身体をゆっくり持ち上げた。

それから、倒れた二人を照らした。

ひとりは喉を押さえ、甲走《かんばし》った喘ぎ声を引きつらせ身をよじり、ひとりは道端の木の根元で昏倒《こんとう》していた。

道に転がった二本の刀が、提灯の明かりに白く光っていた。

市兵衛は、深編笠の中の顔をのぞいた。そして、

「やむを得なかったが、やりすぎたかな」

と、童子のように呟《つぶや》いた。

御厩谷の通りより少し離れた御用地の闇にまぎれて、五、六人の人影がその様子をうかがっていた。人影の一団は侍らしく、みな深編笠をかぶっていた。

人影の溜息が、闇の中に小さなざわめきを作っていた。

「あれ……ですか」

と、影の間から声が聞こえた。

「そうだ、見覚えたか」

別のひとりが深編笠を上げ、物思わしげに答えた。

「やりますな」

「手もなくやられた。よくわからん男だ。お桐《きり》によれば、〈風の剣〉とかを使うらしい」

「風の剣? なんですか、それは」

またひとりが言った。

「知らん。とにかく、童子のように言い触らしておるのだろう」

何人かが、鼻先で笑った。

「しかし、あの男、ちょっと面白い……」

それから影の一団は、通りを去っていく提灯の明かりを目で追いながら、闇の中で押し黙った。

第二章　口上書

一

翌日の早朝、市兵衛は北町奉行所の表門前で、渋井を待った。

信正と佐波の祝言《しゅうげん》の日から三日後である。

月番の奉行所の表門は開き、肩衣《かたぎぬ》、あるいは羽織姿の公事人《くじにん》が、次々と表門をくぐっていく。朝のまだ青い日差しが表門前の通りを照らし、お濠《ほり》の土塀端《どべいばた》の松には雀《すずめ》がさえずりながら飛び交《か》っていた。

ほどなく、小紋《こもん》模様の白衣《びやくえ》の上に黒巻羽織を羽織り、二刀と朱房《しゅぶさ》の十手《じって》を博多帯《はかたおび》に佩《お》びた渋井が、奉行所の紺看板《こんかんばん》（法被《はっぴ》）を羽織って梵天帯《ぼんてんおび》に木刀を差し、挟箱《はさみばこ》を担《かつ》いだ中間《ちゅうげん》を従え、表門へ現われた。

見廻《みまわ》りに出かける様子である。

助弥は八丁堀《はっちょうぼり》にある手先の溜場《たまりば》にいる。

八丁堀には町方の手先が集まる溜場が数ヵ所あって、手先らはそこでそれぞれの旦《だん》那《な》である町方を待つ間、噂《うわさ》や評判、様々な話の種を交換し、ときにはそれぞれの旦那を替える相談なども、手先同士でやったりする。

「おお、市兵衛、待たせた」

渋井は表門をくぐるなり手をかざし、先に元気な声を寄こした。

市兵衛は菅笠《すげがさ》を手にして辞儀をした。

「渋井さん、朝の忙しいときに申しわけありません」

「いいのさ。そんなこと、気にするねえ。市兵衛の話を聞くぐらいの暇《ひま》は、幾《いく》らでもあるさ。昨日はあれからどうした」

「昨夜は失礼しました。渋井さんより返弥陀ノ介が捕らえられた話をうかがい、どういう事情かを、問い合わせにいったのです」

「そうか。歩きながら聞こう」

市兵衛と渋井は肩を並べ、呉服橋《ごふくばし》御門の方へ向かった。

挟箱の中間が渋井のあとについてくる。

「問い合わせにいった先ってえのは、市兵衛の知り合いかい」

「はい」

市兵衛は頷《うなず》いた。

「おめえの知り合いは、もしかしたら、返弥陀ノ介と一緒に入牢になるかもしれねえ御目付《おめつけ》さまと、なんぞかかわりがあるのかい」

それにも市兵衛は、「はい」と短く答えた。

渋井は片手を刀の柄《つか》に乗せ、中背《ちゅうぜい》の痩《や》せた怒り肩をゆすった。

「ふん。おめえは変わった男だ。頑固で一徹で、おのれを信じているから、怪《あや》しいとからかわれても、ちっとも気にしねえ。そういうところが市兵衛らしくて、おれにはいいんだけれどな」

「渋井さんはわたしより頑固で一徹ですよ。そのくせ渋井さんは自在だ。羨《うらや》ましいくらいに自在だ」

「とんでもねえぜ。これでも、身が細るほどに周りを気づかい、自分を殺してお勤めひと筋に励む小役人だからよ」

渋井は高笑いを朝の空へ投げた。

「ともかく、市兵衛の知り合いについてはおいおい聞くとしてだ。弥陀ノ介が捕らえられた事情は、わかったのかい」

「はい。大筋のところはわかったのですが……」

「大変な事態かい」

「妙な事が起こっているようなのです。ただ、詳《くわ》しい事情はつかめませんでした。それで、渋井さんにお願いがあってうかがいました」

呉服橋御門の枡形《ますがた》門をくぐり、呉服橋の袂《たもと》から橋へ差しかかった。

お濠の向こうは呉服町である。お濠端の通りには柳並木がなびき、商家の店がまえが、呉服橋から南へ見渡す限り整然とつらなっている。

北へ目を転ずると、お濠端の通りは一石《いっこく》橋を越え、日本橋より北の町家、神田の職人の町、そして鎌倉河岸へと続いてゆく。

人や荷車がゆき交い、江戸御城下、天下一の商業地を青空が覆《おお》っていた。

呉服橋を渡って、呉服問屋・後藤《ごとう》の賑《にぎ》やかな店表《たなおもて》をすぎ、日本橋の大通りの方へお濠端から折れた。

渋井は渋面《しぶづら》をいっそう渋く歪《ゆが》め、市兵衛の話を聞いている。

「……弥陀ノ介はそういう男です。ゆえに、激しい責問を受けているかもしれず、それでいて何を調べられているのか、合点《がてん》してはいないと思われるのです。渋井さん、奉行所廻りの御徒目付《おかち》どのに、弥陀ノ介のとり調べのできれば詳しい内容と、無事かどうか、様子を訊いていただけないでしょうか」

ふむ――と、渋井はうなった。

「わかった。訊いておく。堅物《かたぶつ》の御徒目付ながら、少々気心の知れた男でよ。普段なら勤めの話はいっさいしねえが、弥陀ノ介の一件を話したのは、おれが弥陀ノ介を知っているためだろうと思っていた。だが、考えてみりゃあ案外やつも、弥陀ノ介の一件に不審を持っているのかもしれねえ。御徒目付が勤めの中身を監察される側の町方にちょっとでも話すなんてことは、これまでになかった」

渋井が怒り肩をゆすって大股に歩いている。

「それと、市兵衛。三年前の両国橋修復の件なら、どこの棟梁《とうりよう》が請《う》け負《お》った普請《ふしん》か、すぐにわかる。これから見廻りに出かけるからよ。ついでだ。当時の棟梁に、普請の事情や経緯《いきさつ》やらを念のため訊いてみる。弥陀ノ介の支配役の御目付さまは、どなただい。名前を聞かせてくれ」

「御目付さまの、片岡信正さまです」

「片岡信正さま、だな……」

渋井は繰《く》りかえしたものの、目付・片岡信正と市兵衛の知り合いとのかかわりは訊《たず》

ねなかった。ただひとつ、そうかい、というふうに頷いてみせ、

「それに配下の御小人目付《おこびと》・返弥陀ノ介、か。よしきた。裏に何かがあれば、なんぞ手がかりがつかめるかもしれねえぜ。市兵衛はこれからどうする」

と、ちぐはぐになった目を市兵衛に向けた。

「弥陀ノ介の朋輩《ほうばい》に、岡本伸三という御小人目付がおります。まずは、岡本伸三に会って話を聞いてみます。それから、三年前の両国橋修復を命じられた丹後の瀬土家にもあたるつもりです。両国橋修復の作事の過程で不審な行為があったとすれば、瀬土家になんらかのかかわりがないはずがありません。瀬土家は、このたびの事情を知っていると思うのです」

「そりゃあそうだ。しかし相手はお大名だぜ。市兵衛がいきなり訪ねていっても、門前払いになるだけじゃねえのかい」

「そうかもしれませんが、いくだけいってみます。じつは、知り合いから添状《そえじょう》をもらっているのです。大名を相手にどれほど役だつかはわかりませんが……」

「知り合いから添状？　ほお、支度《したく》のいいことじゃねえか。その知り合いたあ、どういうお方だい、というのはおいてだ。今晩、《喜楽亭》へ顔を出せ。訊きこみの結果を教えるから、そっちもわかったことを聞かせろ。なんだか、おれも気になってき

た。あのおっかねえ弥陀ノ介のことがさ」

「わかりました。必ずいきます」

日本橋南の大通りの、人々がいき交う喧騒《けんそう》の中で渋井と別れた一刻《とき》（約二時間）後、市兵衛は赤坂御門外の浄土寺《じょうど》門前をすぎ、一ツ木町《ひとつぎ》の小路《こうじ》を西へ折れた黒鍬谷《くろくわだに》にある岡本伸三の組屋敷を訪ねていた。

岡本伸三は、身の軽そうな中背の瘦せた男だった。日に焼けて削《そ》げた頰《ほお》と鋭い一重《ひとえ》の目が、精悍《せいかん》な風貌《ふうぼう》を与えていた。

歳《とし》は二十代半《なか》ばをすぎたころの、まだ妻子もいない若い男である。弥陀ノ介の朋輩であり、市兵衛は何度か言葉を交わしている。

むろん岡本は、市兵衛が片岡信正の弟であることを知っている。

岡本は市兵衛の訪問を承知していて、「片岡さまよりご指示があるのではないかと、お待ちいたしておりました」と、小さな裏庭と濡《ぬ》れ縁のある四畳半に招き入れた。自《みずか》ら市兵衛に茶を淹《い》れ、対座すると、

「妙な事態になっております。御参政より御目付さまの左池さまにお指図があったらしく、すべてが左池さまの計らいで隠密に執《と》り行われておるのです」

と、市兵衛がすでに承知しているかのごとく、先にきり出した。

「市兵衛さまは、左池さまをご存じですか」

「存じませんが、兄嫁から左池という方の屋敷で弥陀ノ介が調べを受けている、と聞いています。厳格な気性《きしょう》の方らしく、一本気な弥陀ノ介ゆえにかえって激しい責問を受けているのではないかと、案じております」

「左池さまは、そういうところがあります。役目柄、われらとて厳しく問い質《ただ》すことはありますが、左池さまはわれらがためらいを覚えるほど、容赦《ようしゃ》のない御目付さまです。左池さまの腹心に南部六郎という御徒目付組頭《くみがしら》がおり、南部さんは左池さまの言いなりの方で、左池さまのお指図があれば相当厳しく臨《のぞ》んでいると思われます」

「弥陀ノ介が今、どのような調べを受けているか、岡本さんはご存じですか」

「それが、左池さまよりわれらにはいまだいっさいのご沙汰《さた》がなく、またみな口を固く閉ざしており、返さんが三年前の両国橋修復の作事において一体何をしたのかさえ、われら下役には今もって事情がつかめておりません。ただ、昨日の朝、小人目付部屋よりいきなり引ったてられて以来、左池さまの虎之御門外のお屋敷で休みなく返さんの調べが続いている、とのみ伝わってきております」

「その南部六郎という御徒目付組頭が、左池さまのお指図で弥陀ノ介をとり調べているのですね」

「間違いなく、そうです。左池さまのお屋敷には南部さんの組の者しか入ることを許されておりませんから、見たわけではありませんけれど……」

岡本はそう言って、唇を結んだ。

閉じた明障子《あかりしょうじ》に射《さ》す日が、だいぶ高くなっていた。

市兵衛は沈黙し、明障子に映《うつ》る白い日差しをじっと見つめた。そして、短い間をおいて言った。

「岡本さん、兄の信正と弥陀ノ介は一体何を疑われたのでしょうか。三年前の両国橋修復にかかわる不審な噂や評判、表沙汰にできない訝《いぶか》しい差し口、兄や弥陀ノ介にほんのわずかでも疑念を抱《いだ》かせる出来事などが、前からあったのでしょうか。わたしは兄と弥陀ノ介を信じています。ですが、御目付、御徒目付、御小人目付、それぞれのお役目の内情を知らぬため推量ができません。岡本さんはどう思われますか」

「市兵衛さまのご心配は、ごもっともです。さりながら、わたしは片岡さまや返さんにまつわる不審な噂、評判、差し口を聞いた覚えはありませんし、疑念を抱く出来事を見たこともありません。両国橋修復の作事にかかわらず、いついかなるお役目の場合でもです」

岡本は強く結んだ唇をほどき、かすかな笑《え》みになった。

「片岡さまはわれら配下の者には常に寛大で、お役目に臨んでは公明正大な御目付さまです。われら、片岡さまの下で働ける境遇をありがたく思っております。返さんは片岡さまの腹心と申してよい方ですが、片岡さまに質すべきときは遠慮なく質され、片岡さまもそれをよしとなさっておられます。そのような片岡さまと返さんに、後ろ暗いところは決してないと、断言できます」

「ありがとう。岡本さんにそう言っていただくと心強い」

すると岡本は笑みを消し、不審げに眉《まゆ》をひそめた。

「それゆえ、この一件が一体どんな疑いなのか、かえって腑《ふ》に落ちないのです。たとえ疑いがかかったとしても、返さんへの仕打ちがひどく強引で荒っぽい。身分が低いとはいえ、小人目付は侍です。侍にわけも告げず、いきなり罪人のように捕縛するなど、あり得ない仕打ちです」

「弥陀ノ介はそんな扱いを受けたのですか」

「ええ。わたしはその場にいなかったのですが、御城内の小人目付部屋で返さんはいきなり南部さんら御徒目付衆に捕縛されたのです。返さんはさぞかし無念だったでしょう。同じ小人目付のわれらとて同じです。それと今ひとつ、このたびの片岡さまと返さんへの嫌疑について、われらの間で懸念があるのです」

「懸念、ですか？」

岡本は小さく、素早く頷いた。

「じつは数年前より、御徒目付衆とわれら小人目付衆の間で噂がささやかれております。それは御目付衆のある方が、十人御目付筆頭格の片岡さまのお役御免を画策しているというまことしやかな噂です」

「兄のお役御免を、どういうわけで？」

「御目付役は御参政の支配下にありながら、すべての武家、次第によっては御老中ですら監察いたし、また上さまのご下問に直々《じきじき》にお答えする極《きわ》めて重要なお役目です。その重要さゆえに、御目付さま同士が互いに手柄を競《きそ》い、ときに反目し、互いの過失を挙《あ》げ、互いのお役御免を目ろむ、というのは珍しいふる舞いではありません」

ある意味で——と、岡本はそこで目を宙に遊ばせ、ひと呼吸をおいた。

「武家の紀律を正す御目付さまの役目柄、互いをも厳しく監視する行為は、それが公正に行われる限り、やむを得ないこととも言えるのでしょう。ところが、紀律を正すという名分の下《もと》に、実情は各々《おのおの》の身勝手な私情ゆえに、妬《ねた》みや嫉《そね》み、恨《うら》み、悪意ゆえに、御目付さま同士の間で、それが行われているのです。表には見えぬ暗闘、確執が渦巻いているのが実情なのです」

「兄が妬みや嫉み、恨みを受けていると……」

「言い換《か》えれば、片岡さまはそういうふる舞いより一線を画しておられ、われらの間では少々変わった御目付さまなのです。それでいて、配下の者より信頼を寄せられ、のみならず、上さまのお覚えもめでたいと、みな知っております。そういう片岡さまに常日ごろ嫉妬《しっと》を覚え、憎悪を抱き、筆頭格に就《つ》かれている片岡さまさえいなければと、失脚の機会をうかがっている御目付さまがおられる、という噂です」

「もしかして左池さまが、その噂のある方なのですか？」

すると岡本は思わせぶりにまた小さく頷き、膝《ひざ》を乗り出した。

「左池さまには以前より、何かと噂があったのです。御目付として片岡さまのやり方は手ぬるい。五十をすぎてだいぶお疲れのようだ。そろそろ若い者に道を譲られてはいかがか、と公言なさっておられました。それに左池さまは家禄《かろく》が二千八百石《こく》の三河以来のお家柄であり、片岡家の千五百石よりはるかに大家《たいけ》でありながら、片岡さまが自分より上席であることに不満を抱いておられたようです」

「だとしても、それがこのたびの嫌疑とかかわりがあるのですか。それしきのことで罪もない弥陀ノ介を捕縛するのは、尋常とは思えません」

「その通り、尋常ではない事態が起こっているのではありませんか。昨夜も仲間の間での話が出たのです。片岡さまと返さんへの嫌疑は、嫌疑自体は重要でなく、別の狙《ねら》い、すなわち、片岡さまのお役御免の画策がいよいよ実行に移されているのではないか、という懸念です。そうとでも考えなければ、返さんへの仕打ちは奇妙です」

岡本は「変です……」とさらに言い添えた。

「兄と弥陀ノ介の身に覚えのない罪が、捏造《ねつぞう》されたのですか」

「左池さまは極めて猜疑心《さいぎしん》の強いお方です。しかもとても気位が高く、仮借《かしゃく》ないご気性です。われら配下の者の間では、左池さまに恨まれるとどんな目に遭《あ》わされるかわからない、蝮《まむし》のように怖い御目付さま、と言っております。左池さまは、日ごろより片岡さまをうとましく思っていらっしゃるのは確かです。証拠があってのことではありませんが、左池さまならやりかねない、という気がするのです」

市兵衛は黙った。

今ここで推量を重ねても、できることは限られていた。

まず、できることをしなければならないと思ったとき、不意に、昨夜の御厩谷の通りで侍風体《ふうてい》の二人の追剥《おいはぎ》に襲われた出来事が、脳裡《のうり》をかすめた。

奇妙で、変か——と、市兵衛は呟《つぶや》いた。

岡本が「は?」と訊きかえし、市兵衛は改めて岡本に言った。

「岡本さん、わたしはこれから三田《みた》の瀬土家の上屋敷を訪ねます。御目付・片岡信正の添状は持っております。大名を相手に一介《いっかい》の浪人者のわたしが、三年前の両国橋修復の作事について、どれほどの話が聞けるか心もとないのですが、やれるだけやってみます。瀬土家の言い分をどうにかして確かめねば……」

「まさに、瀬土家の言い分を問い質す必要があります。市兵衛さま、わたしもご一緒します。このままなりゆきに任せて手をこまぬいてはいられません。わたしもお手伝いします。早速まいりましょう」

「岡本さんにご同行願えればありがたい」

二

そのころ、渋井と手先のひょろりと背の高い助弥、挟箱を担いだ中間の三人は、両国は米沢《よねざわ》町の大工の棟梁・平八《へいはち》の住まいを訪ねていた。

平八は両国濱《はま》町界隈《かいわい》の大工の棟梁仲間の元締《もとじめ》で、三年前の両国橋修復の作事を差配した親方だった。

朝から幾つかの作事場を見廻り、午後は町内の寄合に出かけるため、米沢町の住まいに戻ってきたところだった。

表通りに面して連子格子《れんじごうし》をつらね、表戸の両開きの腰高障子に《大工　松浪屋《まつなみや》》と大きく記してある。

渋井は、松浪屋の半纏《はんてん》を着た若い衆が「どうぞ、お上がりくだせえ」と勧めるのを断って、小広い前土間に続く店の間の上がり端《ばた》にかけたところへ、すでに六十近い痩せた背の高い平八が現われた。

松浪屋を倅《せがれ》に譲って大工をやめてからだいぶたち、背中は丸くなっているものの、ほりの深い面差《おもざ》しに若いころの職人の精悍な面影を残す界隈の顔利《かおき》きだった。

渋井は若い衆が運んできた香りのいい煎茶《せんちゃ》を喫しながら、平八に三年前の両国橋修復の事情を訊いた。

「御目付さまの片岡信正さまは、よく存じ上げておりやす。修復の様子を何度も熱心に見廻りにこられやした。作事場の大工らにも気さくに声をかけてねぎらってくださいやしてね。なんと申しやすか、御公儀の、おいそれとは近づけねえ御目付さまと思っていたのとはまったく違う、腰が低く、あっしらへの言葉遣いも穏《おだ》やかで、偉ぶったところのない優しげなお役人さまでございやした」

平八が語るところの片岡信正という目付は、なかなかの人物らしかった。

「両国橋は大川に架《か》かる江戸一番の大橋でやす。多くの人が日々渡る大事な橋ゆえ、みなよろしく頼むと、真面目《まじめ》に誠実に仰《おっしゃ》られ、片岡さま、あっしらにお任せくだせえと、みなずいぶんと張りきったのを覚えておりやす」

店の間の柱と鴨居《かもい》に講札などが架けられ、店の間奥の壁に神棚《かみだな》と神棚の左右に松浪屋と記した提灯《ちょうちん》が幾つも並んでいた。連子格子越しには、人通りが見える。

「するってえと親方は、三年前はまだこちらの棟梁をやっていたのかい」

「いえ。そのときはもう、家業の方は倅に任せ、あっしは両国濱町界隈の棟梁仲間の手伝いをいたしておりやした」

「つまり、界隈の棟梁仲間の元締だな」

「元締というほど大げさな役目じゃありやせんが、まあ、ここら辺の大工らの、まとめ役みてえなもんで……」

　平八は膝に重ねた筋張った手をすり合わせ、表情をほころばせた。

「で、三年前、三田にお屋敷のある瀬土さまより両国橋修復の作事のご依頼があり、両国の大工が天下の両国橋の修復を、よその大工に譲るわけにはいかねえ、という面《メン》子《ツ》がありやしたし、修復と言っても本普請の両国橋の作事ともなりやすと、数千両の金が動きやす。万が一にも粗相があっちゃあならねえ、あっしの最後の大仕事だと、そのつもりで差配役を務めさせていただきやした」

「なるほど。両国橋修復の作事の差配ともなると、数千両の金を動かすか。それじゃあ誰でもができる役目とはいかねえ。元締の平八さんでなけりゃあな。ところで、瀬土家の奉行はどなただい」

「あ、はい。金山準之助《かなやまじゅんのすけ》、という方でございやした。いかにもお家大事というご様子の、実直なお奉行さまだったと覚えておりやす。ただ、お家大事という実直と言えば実直なのでしょうが、その方ら大工に金を払っておるのは瀬土家だ、という素ぶりが少しばかり見えたお奉行さまでございやした」

「偉そうだったんだな」

「偉そう、というほどのことではございやせん。身分の高いお武家さまが下々《しもじも》の大工風情《ふぜい》にそういう態度で臨まれるのは、珍しいわけではございやせんので。ただ大工もお武家さまと同じ人の子でやす。金さえ払えば偉《えれ》えのかい、やれるならてめえらでやりやがれ、という意気がったところが、むろん稼《かせ》ぎのためにやっておるのでございやすから口にはしねえものの、内心はございやした」

「そりゃあ、もっともだ」

「片岡さまは、そういう素ぶりをいっさいお見せになりやせん。作事場にも気軽に入ってこられ、大工の仕事ぶりをご覧になり、巧《うま》いもんだな、見事だな、とか気さくにお声をかけられやしたから、大工の間じゃあ、片岡さまの評判はとてもよろしゅうございやした。さすが御公儀の御目付さまとなると田舎《いなか》大名の奉行あたりとは違うぜ、と陰でみなが言い合って、お奉行さまへの不満のはけ口にしておりやした」

平八は含み声で笑い、白髪《しらが》まじりの薄い髪をなでつけた。

「片岡さまは、見廻りに何度ぐらい見えた」

「三月《みつき》ほどの作事の間に四回か、五回だったと思いやす。御目付さまの普請場や作事場の見廻りは、普通は一回か、せいぜい二回と聞いておりやしたから、両国橋の修復をいかに重視なさっているかが、よくわかりやした」

「月に一回以上かい。熱心なことだな」

「十数年前の永代橋の崩落は、みなまだよく覚えておりやす。あのときの永代橋は仮普請で、本普請の両国橋とは違うとはいえ、千人以上の人が命を落としやした。あんな災難を、二度と起こしちゃならねえとのご配慮でございやしょう」

渋井は煎茶を口に含んで、左右がちぐはぐな目をさらにちぐはぐに歪めて考え深げな間をおいた。表の通りを、「眼鏡《めがね》屋でござい、眼鏡の玉のとり換え……」と眼鏡屋の売り声が通りすぎていった。

「片岡さまが見えたときは、奉行さまとはどういう間柄だった」

「間柄、と申しやすと？」

「片岡さまとお奉行さまの二人で長々と密談に耽《ふけ》っているとか、かなり親密なつながりのありそうな素ぶりとかさ、そういう様子はどうだい」

「あっしの覚えている限りは、そういう様子はございやせん。互いに、ご苦労さまでござる、とお武家さま同士の挨拶《あいさつ》を交わされ、片岡さまはたいていは差配役のあっしに、人手や費用、作事のはかどり具合や終わりの日どりなどをお訊ねになり、お奉行さまはそばで聞いていらっしゃいやすだけで。その後はあっしどもがご案内して作事場へ向かわれ、先ほど申しやしたように、大工らにお声をかけてくださり……」

「片岡さまと奉行さまが、何かを渡したり渡されたりしているとか、目の前でそういうことはなくとも、言葉のやりとりの端々《はしばし》にそんな思わせぶりが感じられたとか、そういうのはないかい」

「それも覚えはございやせん。作事場の見廻りがすみやすと、茶の一杯も喫さず、お忙しくお戻りになられやした。見廻りのあと、あっしらが気を利かしたつもりで、両国の茶屋でご休憩《きゅうけい》を、などと申しやしても、そのような気づかいは無用だと仰られ、それがさり気ないお姿で、物の言いようやふる舞いに、自然なわきまえの身についた御目付さまでいらっしゃいやす」

渋井は市兵衛を思い出し、ふ、とおかしみがこみ上げた。

「なら、片岡さまの配下の中に、上役に隠れてこっそり、差配役の平八さんに何かを匂《にお》わすというふうな素ぶりはなかったかい」

「もしかしてそれは、袖《そで》の下ということでございやすか」

「まあ、そんなようなもんだ。片岡さまは配下を従えていただろう。その配下の中に返弥陀ノ介という黒羽織がいたと思うんだが。背丈は五尺少々の、岩みてえな身体《からだ》つきでおっかねえ顔をした御小人目付がさ……」

小人目付は将軍の啓行《けいこう》の折り、黒絽《くろろ》の給羽織《あわせ》を着るため、《黒羽織》とも俗称されている。

はい、はい――と、平八は大様《おおよう》な笑みを渋井へ寄こした。

「いらっしゃいやした。返弥陀ノ介というお名前は存じ上げやせんが、形《なり》は小さくとも大そう強そうな黒羽織のお供を従えておられ、お見廻りはその方をお供に、たいていお二人でございやした。一度だけ三、四人のお供を従えられたことがあり、その折りは、御用のついでに前知らせもなく作事場にこられたようでございやす」

「その御小人目付が平八さんに、何かこっそり言ってこなかったかい」

「なるほど、そういうお調べでございやしたか」

平八は唇をへの字に結んで頷いた。

「あっしは片岡さまとお供の方を、お見廻りの折り以外は存じ上げやせんし、両国橋修復の作事が終わったのちにお会いしたこともございやせん。でやすから、あっしの知る限り、片岡さまがお役目をきちんと果たされ、お供の方はお供らしく従っておられたという以外、何も申し上げることはございやせん」

なぜか渋井は、かすかな安堵《あんど》を覚えた。ぬるくなった煎茶を口に含んで喉《のど》を鳴らしたとき、ふと、またおかしみがこみ上げた。

「片岡さまと、作事以外のことで何か言葉を交わして覚えている話はあるかい」

「作事以外のこと、でございやすか？　三年も前のことでございやすのでね。近ごろは歳で物忘れがひどくなりやしたし……」

平八は笑いながら、白髪の頭をなでた。

「そうそう、片岡さまは確か、四人兄弟とお聞きした覚えがございやす。いつのお見廻りの折りだったか、作事場をご案内していた途中、棟梁をやらせている倅ら三人のお目通りを願《ねげ》えやしたときに、よき倅らだ、とお褒《ほ》めをいただき、ご自分は弟や妹が三人いるが子供がおらぬゆえ羨ましい、と穏《おだ》やかにお笑いになって仰られたことがございやした。それだけで、どうお答えしたかは覚えておりやせん」

「弟と妹が三人いて子供はいねえ、か。片岡さまはお幾つぐらいだい」

「三年前のそのころで、五十に近いお年ごろとお聞きしやした。最初のときは、三十代にお見受けしやしたが」

「三十代に見えた？　いい男っぷりの御目付さまなのかい」

「そりゃあもう、すっと背の高い、なんとも言えず涼しげな……」

渋井は、くす、と噴《ふ》き出した。

なるほど、涼しげな、かい――と、胸の内で呟いた。

「そうかい。わかった。邪魔したな」

「いいえ、とんでもございやせん」

前土間の助弥と中間へ顔を向け「いくぜ」といきかけたとき、平八が、「あの、お役人さま……」と、渋井を呼び止めた。

「もうひとつ、今、思い出しやした。両国橋修復についちゃあ、瀬土家から注文があったんでございやす」

「注文が？　どんな」

渋井は浮かしかけた腰を下ろした。

「修復には沢山《たくさん》の材木を使いやす。いい材木を少しでも安く、が差配の腕の揮《ふる》いどころのひとつでございやす。だが、材木の仕入れは佐久間町の秩父《ちちぶ》屋という材木問屋をご指名でございやした。秩父屋を使え、と。秩父屋は、秩父から木《き》を伐り出しているそれなりの材木商でございやす。悪かあねえ。ただ、秩父屋は少々値が高《たけ》え。あっしに全部任せていただけりゃあ、もっと安く仕入れができやしたのに……」

平八は眉間《みけん》に皺《しわ》を寄せ、小首をかしげた。

「まあ、高くとも秩父屋に、というご指名でございやすので、あっしがとやかく言うこっちゃございやせんが、それが少しばかり残念でやした」

「片岡さまじゃなくて、瀬土家の指名なんだな。秩父屋は佐久間町のどこだい」

「和泉橋を渡った河岸通りの二丁目でございやす」

三人は松浪屋の店を出て、米沢町から両国広小路へとった。

元柳橋《もとやなぎ》から両国橋まで大川端に茶屋店がつらなって、賑《にぎ》やかな人通りである。

「旦那、次は佐久間町の秩父屋でやすか」

助弥が前をゆく渋井の、丸めた背中に言った。

渋井は黒羽織の袖をひらめかせ、後ろに従う助弥へ渋面をひねった。

「そうだ。秩父屋へいく前に、広小路で腹ごしらえをするか。腹が減ったろう」

「へえ。いいっすね。腹が減りやした」

助弥がさらに後ろの中間へふりかえって言い、中間が「減りやしたあ」と答えた。

「助弥、おめえはどう思う」

人通りの中をゆきながら、渋井の背中が言った。

「どう思うって、何がでやす？」

「片岡信正、という御目付さまのことをだよ」

「そりゃあ、明らかですぜ、旦那。片岡さまは何もやっちゃあいやせんぜ。それから片岡さまの手下の、おっかねえ返弥陀ノ介とかいう御小人目付もそうに違いねえ。お裁きにかけられるってえのは、こりゃあなんかの間違いですぜ」

「そりゃあ、わかっているよ」

渋井はまた渋面をひねり、助弥へ薄笑いを投げた。

「そうじゃなくて、松浪屋の平八が片岡さまのことを言ったろう。すっと背の高い、なんとも言えず涼しげなとか、物の言いようやふる舞いに、自然なわきまえの身についた御目付さまとかさ。それを聞いて、誰かを思い出さねえか」

「誰かって、片岡さまは市兵衛さんのお知り合いの、そのまたお知り合いなんでやしょう。思い出すとすりゃあ、市兵衛さんしか思い出しやせんけど」

「そりゃそうだ」

渋井が怒り肩を小刻みに震わせ笑った。

三人は繁華な広小路を、両国橋の西詰の近くまできていた。

西詰あたりは吉川町《よしかわ》になり、橋番所がある。白い雲のたなびく晩春の空の下にゆるやかに反った両国橋が大川を越え、多くの人がゆき交っていた。

そのとき、本石町の時《とき》の鐘《かね》が昼九ツ（正午頃）を報《しら》せた。

「そりゃそうだ。まったく怪しい野郎だぜ」

渋井は渋面をにんまりさせ、鐘の音の響き渡る空を見上げたのだった。

三

市兵衛は菅笠の陰から、芝切通《きりとお》しの時の鐘が九ツを報せる空を見上げた。

青味を薄く刷《は》いた晩春の空に、白い雲がたなびいていた。

市兵衛と岡本伸三は、柴井《しばい》町から宇田川《うだがわ》町にいたる往来を三田の瀬士家上屋敷に向かっていた。

岡本は小人目付の黒羽織を着用し、市兵衛と同じく菅笠である。

江戸一流酒所、なにはめいぶつ御膳鮓《すし》所、千代紙錦絵《にしきえ》の地本問屋、尾州《びしゅう》屋御用……と看板や長暖簾《ながのれん》や幟《のぼり》を掲げた軒庇《のきびさし》のつらなる大通りを、宇田川橋のあたりまできた。

その視線が訝しく感じられたのは、気のせいでしかないはずだった。

しかし市兵衛は、京銘菓処《きょうめいかどころ》《露庵》という表店《おもてだな》に、その視線によって引きつけられたのだった。

瓦《かわら》を葺《ふ》いた屋根に看板が掲げられ、紫色の軒暖簾が入り口を飾っていた。

通りに開いた広い間口の前土間の奥に店の間があって、お仕着せの手代《てだい》が客に応対し、小僧が菓子箱らしき積み重ねた箱を店の間奥の棚へ運んでいた。

お金持ち相手の、高級菓子処らしかった。

誰の視線だ、と思ったが、店の者がごく普通に働いているばかりだった。

その視線の何を訝しく感じたのかは、市兵衛にはわからない。

店の者らが働いている店の間に、人のいない帳場格子が見えていた。

そうだ、つい今しがたまで、あそこに人がいたのだ、と市兵衛は通りをゆっくりと歩みながら気づいた。あの帳場格子から、人の視線が通りへ投げられていた。

漫然と眺めたのではなく、通りかかった誰かへ向けてだ。

市兵衛が見かえしたとき、帳場格子に人はいなかった。

「市兵衛さま、どうかなさいましたか」

岡本が、急に歩みののろくなった市兵衛を顧《かえり》みた。

「いえ……」

市兵衛は歩みを速めつつ、答えた。

大通りは賑やかに人がいき交っている。たまたま自分が、いき交う人の中にいただけだ。気のせいだろう、と言い聞かせた。

古《ふる》川に架かる三之橋東詰から南へ川沿いに道をとった先に、瀬土家の上屋敷が古川に向かって長屋門をかまえていた。道の先は永松《ながまつ》町である。

いきなりの訪問ではあったものの、公儀目付・片岡信正の添状を差し出し、小人目付の岡本が同道していたことにより、市兵衛は門前払いにならなかった。

それでも門前でだいぶ待たされたのは、唐木市兵衛なる使者が公儀目付の添状を持ち、かつ俗に黒羽織と呼ばれる小人目付がつき添っているのは何ゆえか、と対応を廻って邸内で少々混乱があったためと思われた。

ともかく、公儀目付・片岡信正の添状を携《たずさ》えてきた使者と、目付配下の小人目付を面会もせず追いかえすわけにはいかぬ、という判断になったらしかった。

ほどなく、裃を着た取次の若い家士が門前へ出てきて非礼を詫《わ》び、市兵衛と岡本を邸内へ導いた。

通されたのは、内塀に囲われた庭に面した書院だった。

明障子を両開きにした縁廊下の先の庭に、石灯籠《いしどうろう》と築山《つきやま》、塀ぎわに植えられた松の老木が見えた。

茶が出されてからすぐ、裃姿の年配の侍とこれも裃の若い家士が応対に現われた。

市兵衛と岡本は手をつき、改めて名乗りを上げようとしたところを、年配の侍が、「お待ちくだされ」と制した。侍の膝の前には、信正の添状がおかれていた。

「お二方のお名前はすでに聞いておりますゆえ、改めて名乗られる必要はござらん。ただし、当屋敷へこられたご用件をおうかがいいたす前に、こちらからお二方に確かめておかねばならぬことがござる」

慇懃《いんぎん》な素ぶりの中に、二人への不審をにじませた。

「まずもって、わたくしは……」

と、侍は留守居役の沢戸甚三《さわとじんざ》と名乗り、殿さまは今は丹後の国元におられ、上屋敷を預かる家老と年寄が所用のため、「それがしがご用件をうかがう役目を、命ぜられた次第でござる」と言った。

同席した若い家士は、納戸役頭《なんどやくがしら》・小野繁一郎《おのしげいちろう》と名乗った。

「唐木市兵衛どの……」

沢戸が市兵衛へ疑わしげな目を向けた。

「この添状によれば、そこもとは御目付・片岡信正どのの縁者ということでござるが、御公儀のどのようなお役目に就かれておられるのでござるか」

「ご不審を持たれるのはごもっともです。じつはわたくし、御公儀の役目に就いている者ではありません。ゆえあって今は唐木を名乗っておりますが、わたくしは片岡信正の弟でございます」

そう言って頭を垂《た》れた市兵衛に、沢戸はいっそう不審を露《あら》わにし、眉をひそめた。

「するとなんでござるか。唐木どのは御公儀のお役目上の使者ではござらんのか」

「御公儀のお役目の使いでまいったのではありません。添状にも、使者とは書かれておらず、唐木市兵衛の問い合わせに瀬士家のご協力をお願いしたいと、お頼みしているはずでございます」

沢戸と小野が顔を見合わせた。

「するとなんですか。お役目でないのであれば、このお頼みをお断りいたしても差し支《つか》えないのですね」

と、それは若い小野が添状を指差して言った。

「差し支えはありません。ですが……」

「であれば、お引きとり願えませんか。われらはお家に仕える身なのです。お暇な唐木どののわたくしごとのお問い合わせは、日を改めて双方の都合のよろしいときに、というのではいかがですか」

「問い合わせの内容はわたくしごとではございません。片岡信正は事情があって今、自ら謹慎をいたしております。その事情につきましては、ご当家はすでにご承知でございましょう。本来ならば、片岡信正自らが役目としてご当家に問い合わせる事柄でありながら、謹慎の身ゆえ、わたくしが代わりにまいったのです」

「意味がわかりませんね。そうであれば、お身内の唐木どのではなく、ほかの御目付さまが問い合わせにこられるのが、筋ではありませんか。唐木どののわたくしごとではないのでしょう？」

「ご当家には、ほかの御目付さまから、すでにお聞きとり、あるいはお問い合わせがあったのではございませんか。ご当家のお答えの結果、片岡信正は謹慎せざるを得なくなったのではございませんか」

沢戸が口を一文字《いちもんじ》に結んで、膝の上で組み合わせた指を玩《もてあそ》んだ。

小野も市兵衛から顔をそむけ、それには答えなかった。ただ、顔をそむけたまま、

「御公儀のお役目でもないのにいきなりこられては、困りますな」

と、言い方がぞんざいになった。

「御公儀のお役目ではありませんが、われらがお訊ねいたしたいのは、わたくしごとではないのです」

隣《となり》の岡本が身を乗り出し、語気を強めて言った。

すると沢戸が、見下ろすような目つきで岡本を睨《にら》んだ。

「そこもとは御小人目付でござるな。これは一体、どういうお立場なのでござるか」

「それがしは御目付・片岡信正さまの配下の者です。片岡さまの配下ゆえ、唐木市兵衛さまと同行いたしたのです」

「謹慎の身で弟と配下の者にお指図を？　それも妙ですな」

小野が嘴《くちばし》を入れた。

「お指図ではありません。それがしは自らの判断でおうかがいいたしました。なぜなら、わが支配役の片岡さまは今、ある訴えにより重大な疑いをかけられておられ、それにより、わが組の朋輩にも疑いがかかり、とり調べを受ける身になっております。片岡さま配下のわれらにも嫌疑が及ぶ恐れがあり、片岡さまはそれを懸念され、唐木市兵衛さまに、どのような訴えなのか調べを命じられたのです」

「あはは……複雑なのですね」

「複雑になさったのは、ご当家ではありませんか。沢戸さま、小野さま、片岡さまを訴える上申をなされたのはご当家でございますね。三年前、瀬士家が作事をなされた両国橋修復の折り、御目付の片岡さまに不正があったと」

「三年前の修復の折りの不正？　ならば当家に限らず、作事を請け負った大工や材木問屋、様々な業者がからんでおるでしょう。そちらからの訴えではないのですか。片岡どのに不正があったと。すべてを調べられたのですか」

「瀬士家以外は、両国橋修復にかかわりのあった者らは商人や職人です。彼《か》の者らなら、評定所へ訴えるはずです。評定所への訴えなら、われらにもどのような訴えか明らかであり、当家をお訪ねはいたしません。このたびの訴えは御参政へ直《じか》に上申されたものであり、そのような上申ができるのは瀬士家のみです」

「だとすれば、それが？」

と、小野は開き直ったように言った。

「瀬士さまの上申が確かな訴えであれば、朋輩はすでに入牢となり、片岡さまは謹慎からお預けの身になると思われます。しかるに、朋輩のとり調べは、なぜか隠密裡《り》に行われて、いまだ入牢とはならず、のみならず、同じ組のわれらにすらその詳細は伝わってきておりません。不正が明らかなら、朋輩ひとりだけではなく、われらにも聞きとりがあってしかるべきなのに、それすらないのが奇妙なのです」

「隠密目付とも呼ばれている御小人目付役の岡本どのに、隠密が奇妙と言われても、腑に落ちませんね。ともかく、隠密であろうがなかろうが、事がおとり調べのさ中に調べの内容をお教えできるわけがない」

小野が市兵衛へ鋭い一瞥《いちべつ》を向けた。

「当家が申せるのは、隠密裡に事が運ばれているというのは、それだけこのたびの訴えが重大な事態とのご判断に、片岡どの以外の御目付さま並びに幕閣がいたったと思われる、ということのみです」

「片岡さま以外の？　片岡さま以外のすべての御目付さまがご承知の訴えと、言われるのですか」

「そう思われる、と申しておるだけです。詳しい事情は知りませんよ」

小野が岡本をあしらい、岡本は沈黙せざるを得なかった。

瀬土家は信正の頼みを聞く気はないらしい。

なぜ三年前――と言いかけた市兵衛を岡本が遮《さえぎ》った。

岡本の語調が急に低くなった。

「瀬土家はそういう対応で、よろしいのですか。片岡信正さまは御公儀御目付役筆頭格です。公明正大にお役目に臨まれ、おのれを律することに厳格で、それでいて寛大なお心を持たれ、上さまのご信頼も厚いお方です。それがしは配下のひとりとして、片岡さまにご当家に訴えられる謂《い》われなど断じてない、と申しておきます」

沢戸と小野は岡本から目をそらし、白《しら》けた素ぶりを見せた。

「いかなる訴えか、お教え願えないのならけっこうです。しかしながら、もしこれが間違い、あるいは偽《いつわ》りであったとこののち判明したなら、間違いました、あれは勘違いでした、という言いわけではすみますまいな。瀬土家は、それはご承知のうえなのですな」

「なんですか、それは。当家を威《おど》す気ですか」

「間違い、勘違いの責任は、軽くはありません。当然、そのお覚悟がおありなのでしょうな、と言うておるのです」

「無礼な。小人目付ごときが偉そうに。勝手な雑言《ぞうごん》、許さんぞ」

小野が声を荒らげた。

「勝手な雑言ではない。事の理非を言うておるのだ」

岡本がいきりたってかえした。

「岡本さん、それまで、それまでに。失礼を申し上げました。お許しください」

市兵衛が沢戸と小野へ手をつき、頭を低くした。

しかし岡本と小野は、目に怒りを浮かべ睨み合った。不穏な沈黙に覆われた。

「小野、気を静めよ。もうよい」

沢戸が小野をなだめた。

「岡本さん、戻りましょう」

市兵衛は岡本を促《うなが》した。すると沢戸が、

「唐木どの、当家は何も承知しておりません」

と、それまでのやや尊大な様子が影をひそめ、なんとはなしに物静かな口ぶりになって言った。市兵衛を見つめる目には不審が消え、むしろ、心配事を抱えているかのように見えた。

「この一件については、すべて、あるお方にお任せいたしております。当家が何かとお世話になっておるお方でしてな。有り体《てい》に申せば、そのお方にお任せいたしておれば間違いはなかろう、ということでござる」

「そのお方は、御公儀の中の……」

「あいや。われらの立場では、それ以上は申せません」

沢戸が庭へ目を投げ、小野は不機嫌そうに押し黙っていた。

瀬土家を辞去し、古川の堤道を戻った。束《つか》の間《ま》の昂《たか》ぶりが冷《さ》めて、岡本の顔が少し青ざめていた。

道の前方の三之橋の河岸場《かしば》では、数人の軽子《かるこ》が船の荷を堤へ運んでいた。

午後の日がだいぶ西の空へ傾いて、はや八ッ半（午後三時頃）ごろになっていた。

「市兵衛さま、ついかっとなって、向こうを怒らせてしまいました。お役にたてず、申しわけありません」

岡本は市兵衛より少し遅れて、肩を落としていた。

市兵衛は岡本のしょげた様子へ笑みをかけた。

「そんなことはありません。岡本さん、兄のことをあんなふうに言ってくれて、嬉《うれ》しかった。ありがとう。幼いころから大好きな兄でした。あまり可愛《かわい》がってはくれなかったのですがね。下の兄や姉の方が可愛がってくれたのに、不思議なものです」

「へえ、そうなのですか。市兵衛さまの幼いころから……」

三之橋の先に古川《ふるかわ》町の町並があるが、二人が堤道をゆく古川の両岸は武家屋敷が続き、人通りは少なかった。三之橋の河岸場から、軽子が船荷を籠《かご》に背負い古川町の方へ消えていった。

「岡本さんが言われたので留守居役は心配になり、ある方に任せているともらした。御公儀のお役目を知らないわたしでは言えないことです。留守居役は動揺していました。瀬土家は兄を訴えておきながら、訴えの内容をわかってはいないということがお陰で明らかになりました。つまり、兄や弥陀ノ介が間違ったことをしていないから、瀬土家もわれらと同じく、何が起こっているのかわかっていないのです」

「そう、そうですね。わたしも確信しました」

「わたしはこれから深川へいきます。知り合いの町方に、奉行所見廻りの御徒目付に事情を訊いてくれるように頼んだのです。夕刻、深川で町方と会う約束をしています。もう少し詳しい事情が、聞けるかもしれません」

「それならわたしも……市兵衛さま、お邪魔でなければわたしもいきます」

「岡本さん、いきましょう。岡本さんが一緒なら、話がわかりやすくなる」

川船が河岸場から離れていき、櫓《ろ》の軋《きし》む音がなめらかな川面《かわも》に流れた。

四

喜楽亭の腰高障子に、また夕日の射す刻限がきた。

その赤く染まった腰高障子を勢いよく開け放ち、縄暖簾をわけた渋井と助弥が夕日を受けながら颯爽《さっそう》と現われた。

「よお、市兵衛、もうきてたのかい。待たせたな」

「わたしたちもつい先ほど、きたばかりです」

《居候》が渋井のそばへ嬉しそうに駆け寄り、二度吠《ほ》えた。

「今日は連れと一緒かい。おっと、その拵《こしら》えから推量するに、黒羽織の御小人目付役と見た。名前は岡本伸三さんだな。どうでえ」

渋井が店土間に、機嫌よさげに雪駄《せった》を鳴らした。

「そうです。御目付・片岡信正さま配下で御小人目付役に就かれている岡本伸三さんです。渋井さんもご存じの返弥陀ノ介の朋輩です。岡本さん、先ほどお話しした北御番所の渋井鬼三次さんです。こちらの背の高い男が手先の助弥です」

岡本が樽《たる》の腰掛を鳴らして立ち上がり、

「岡本伸三です。市兵衛さまに無理やりお願いして、お邪魔させていただきました。勝手なふる舞いをお許しください」

と、丁寧《ていねい》な辞儀をした。

「市兵衛の友ならおれたちの友も同然だ。邪魔なもんかい。なあ助弥」

「その通り。友のともがらは、友でやす。おやじさん、酒だよ、酒」

助弥が奥の板場に声をかけると、亭主がすでに用意していた徳利《とつくり》や盃《さかずき》、皿を載せた盆を「うう……」と、いつものうなり声を上げつつ現われた。

「渋井鬼三次だ。よろしくな。鬼も渋面になるくらい嫌われているから、《鬼しぶ》というのがおれの綽名《あだな》さ。おれは気に入っているがね。なあ助弥」

「その通り。鬼も渋面になるくらい嫌われている鬼しぶの旦那でやす。あっしは鬼しぶの旦那について十年以上になりやす。深川の助弥と申しやす。こちらもよろしくお願《ねげ》えいたしやす」

「岡本さん、気さくな人たちです。楽にしてください」

渋井と助弥は卓につくと、「旨《うめ》え」と盃をたて続けにあおった。

「でな、市兵衛、話を聞いてきたぜ」

渋井は三杯目の盃を乾《ほ》してから、助弥の酌《しやく》を受けつつ言った。

「だがこっちの前に、市兵衛の方の首尾を聞かせてくれ。とにかくまず、喉を潤《うるお》すのが先だ。呑《の》みながら聞くからよ。瀬土家の上屋敷へいってきたんだろう。瀬土家はどんな様子だった」

はい——と、市兵衛は頷いた。

市兵衛が話している間に、夕日が落ちて店はだんだん暗くなっていった。

亭主が柱と壁の行灯《あんどん》に灯《ひ》を入れた。

居候は渋井のそばでしばらく尻尾《しっぽ》をふっていたが、新しい客もこないので、そのうち退屈して土間に寝そべってあくびをした。

市兵衛の話が終わると、渋井がちぐはぐな目をつまらなそうに歪めた。

「そうか。少しは進展があったにしても、それじゃあなかなか埒《らち》が明かねえな。ふうむ、残念ながら、こっちも似たようなものだ」

渋井は酒に濡れた唇を尖《とが》らせた。そして、

「岡本さん、御徒目付の籾山次郎助《もみやまじろすけ》さんを知っているかい」

と、岡本へ上目遣《うわめづか》いに眼差《まなざ》しを流した。

「存じております。徒《かち》衆から御徒目付に就いた方です。仕事をご一緒したことは、殆《ほとん》どありませんが」

「籾山さんが奉行所見廻りの役できた折りに、ちょいと気安く言葉を交わす間柄になったのさ。監察する側とされる側であっても、そういうことってあるだろう」

徒目付は裃役で十人目付配下にある。四名の頭の下に五十六名が役に就き、目付部屋の事務、奉行所や牢屋敷の見廻り、探索、江戸城表玄関番所につめ、警備などを行う。小人目付の百二十八名は、その下役になる。

「その籾山さんから聞いたのさ。だからって誤解しねえでくれよ。普段、籾山さんは役目の話はやむを得ぬ事情がない限りしねえ人だ。けど、おれがたまたま返さんと顔見知りだからか、もしかしたらほかの事情があったかもしれねえが、返さんが捕縛され御目付の左池さまのとり調べを受けていると、話してくれたのさ。三年前の両国橋修復の作事の折りにあったらしい不正の廉《かど》でだ」

「市兵衛さまからうかがっております」

「ふむ。市兵衛さまか。まあいいだろう。左池さまのお屋敷は……」

「虎之御門外です」

まあ、呑みな――と、渋井は岡本の盃へ徳利をかたむけ、市兵衛の盃にも廻した。

「籾山さんが聞きつけたところによると、左池さまのお屋敷で返さんのとり調べは外へもれぬように行われており、調べの中身は、御徒目付衆と御小人目付衆は言うまでもなく、左池さま以外の御目付衆にさえ隠密にされているそうだ」

「ほかの御目付さま方もですか。表沙汰にならぬようにするにしても、左池さまおひとりというのは、おかしい。市兵衛さま、左池さまはおひとりで、何を調べているのでしょうか。返さんは何をとり調べられているのでしょうか」

「わかりません。訴えたはずの瀬土家すら弥陀ノ介の調べの中身がわかっていない、今はそれだけが確かなことです」

「籾山さんに言わせると、つまりそれはだ。疑いのかかった相手が御目付さまともなれば、こんなことが世間に知られりゃあお上《かみ》の面目《めんぼく》にかかわる。だから表沙汰にはしねえように、と上の方からのお指図らしいぜ」

「それにしても、左池さまおひとりというのは解せません。どういう経緯で決まったのでしょうか」

岡本が腑に落ちない顔つきを市兵衛へ向けた。

市兵衛にもそれはわからない。間違いなく、信正にもわかっていない。

「ともかくよ、返さんが左池さまのお屋敷でどんな目に遭わされているか、知っているかい」

渋井が続けた。

岡本は一旦目を伏せ、すぐに渋井を見上げた。

「御徒目付組頭の南部六郎という方がいて、われらの間では、南部さんは左池さまの右腕と言われております。南部さんが左池さまのお指図で、とり調べにあたっていると思われます。左池さまのお屋敷に入れるのは南部さんの組の者だけなのです。殊《こと》に身分の低いわれら小人目付衆は、片岡さまに心服する者が多いせいでしょうか、この件ではいまだになんのご沙汰もくだされておりません」

「よくあることだ。だが、御徒目付同士でなら、人の口に戸はたてられねえ、ってわけさ。それによると、返さんは相当むごたらしい責問をされているらしい。これじゃあ今に、責め殺されちまうんじゃねえかと思うくらいひどいそうだ」

「責問？　拷問《ごうもん》ですか」

「尾黒権太左衛門という御徒目付が、いるらしいな」

「います。南部さんの組のあらくれ権太左衛門と呼ばれている方です。命ぜられたらどんなひどいことでも平気でやりかねず、尾黒さんを怒らせると怖いと、われらの間ではひそかに言われているのです。われらの間で尾黒さんを怖がっていないのは、返さんだけでした」

「あは、わかるぜ、あの返さんなら。なあ助弥」

「へえ、わかりやす」

渋井と助弥が頷き合った。土間で寝そべっている居候が、渋井に応じるかのように頭を持ち上げ、ぐう……と鳴いた。

「尾黒さんが、返さんに責問をしているのですか」

「そういうことだ。返さんが左池さまの気に入るように白状しねえからだと。なんでも、えげつなく痛めつけすぎて、返さんを殺さねえように権太左衛門を抑えるのが大変なくらいなんだとさ」

岡本が唇を嚙《か》み締《し》め、眉をひそめた。助弥が「ど、どうぞ……」と、岡本の盃へ徳利を差し出した。

「責問をするには、返さんの罪状がよほど明らかになっていなければなりませんね。片岡さまの罪状も……」

岡本が市兵衛へ向きなおり、つらそうに言った。

「それほど明らかな罪状なら、片岡さまが気づかないはずがありません」

市兵衛は推量を廻らし、言った。

気づいていたら兄上は言うはずだ、あの件だと——と、市兵衛は思った。

「渋井さん、左池さまの気に入るように弥陀ノ介が白状しないからだと、言われましたね」

「ああ、籾山さんからそう聞いたのさ」

「岡本さん、三年前、瀬土家が作事を命じられた両国橋修復の折り、片岡さまと共に弥陀ノ介が不正を犯したという白状が、左池さまの気に入るような白状で、それの狙いが懸念なさっていた片岡さまの失脚なら、瀬土家は左池さまの狙いに手を貸していることになりますね」

「片岡さまの失脚？　なんだいそりゃあ」

渋井が盃を持ち上げた手を止めて訊いた。

「御目付さま同士の、勢力争いのようです」

「おっと、するってえと何かい。返さんは御目付さま同士の勢力争いに巻きこまれてとっ捕まり、瀕死《ひんし》の責問を楽しまされているってわけかい」

「おそらくそうです」

「ちぇっ、下っ端《したっぱ》はつらいね。なあ、助弥」

「へえ。下っ端はつらいでやすね」

土間の居候が、また首を上げて退屈そうにうなった。

だが、岡本は渋井も助弥も居候も目に入らぬ風情で言った。

「となれば、瀬土家の留守居役が言っていた御公儀の中のお任せしているある方というのは、御目付の左池さまなのでしょうか」

「考えられなくはありません。しかし、一国を治める大名のお家が一御目付のお役目内の思わくごときに手を貸すでしょうか。しかも、瀬土家は訴えを起こしておきながら訴えの内容もわからず、ある方に任せているのです。それが表沙汰になれば、瀬土家は咎めを受けます。おそらく、そのある方に任せていれば、お家には累が及ばない幕閣の中で相応の力のある方だと思うのです」

「左池さまよりも力のあるお方、ですか」

「一御目付の左池さまでは、そんな力はない。それどころか、もしかしたら左池さま自身も、そのある方の力が背景にあるため、弥陀ノ介の捕縛に踏みきり、片岡さま失脚、御目付職よりの追い落としの動きに出たと考えられます」

「で、でも、でもですよ。誰が、なんのためにそんなことを……仮に左池さまの思わく通りに片岡さまが失脚に追いこまれたとしても、それとて、一御目付のお役目内の思わくごときではありませんか」

「きっと、片岡さまの失脚、追い落としが、そのある方にとっては、わたしたちには計り知れない、一御目付のお役目内の思わくごときではすまない利得があるのでしょう。左池さまはその利得に乗った。あるいは、左池さまのみならず、瀬土家も乗らされている……」

岡本が腕組みをして大きな溜息をついた。

すると、渋井が盃をひと息にあおってから卓へ音をたてておいた。

「市兵衛、おれの話はそれだけじゃねえんだ。おめえらの話を聞いていて、じつは別件で、ちょいと引っかかることがある」

「渋井さん、どうぞ」

市兵衛は徳利を差し、「おお」と渋井がそれを受けた。

「引っかかるというだけで、かかわりがあるかねえかはわからねえぜ。昼間、米沢町の大工・松浪屋の平八を訪ねた。知っているかい、松浪屋の平八は」

「松浪屋も平八も知りません。でも、もしかしたら両国橋修復の作事を請け負った大工ですか」

「さすが市兵衛、勘がいいじゃねえか。平八はもういい歳でよ。家業はだいぶ前に倅に譲って隠居同然の身になり、濱町から両国界隈の大工の棟梁仲間の元締を任されている男だ。三年前の両国橋の修復では……」

と、渋井は平八の訊きこみから、外神田佐久間町の河岸通り二丁目に店をかまえる材木問屋・秩父屋まで訪ねた経緯を語った。

市兵衛は渋井の呑み乾した盃に、徳利を続けてかたむけた。

「思った通り、結果は秩父屋も松浪屋と同じだった。御目付の片岡さまと秩父屋にかかわりなんぞ何もねえし、返さんは言うまでもない。秩父屋は、瀬土家奉行の金山準之助や瀬土家の家士とは仕事上のつながりはあるが、片岡さまや返さんとは、一面識すらなかった」

渋井は炙《あぶ》った浅草海苔《のり》を、音をたててかじり始めた。

「秩父屋は瀬土家出入りの、御用達《ごようたし》の材木問屋なのですか」

「違う。瀬土家と秩父屋は両国橋修復の材木の仕入れ先という以外、なんのつながりもねえ。それ以前もそれ以後もだ」

口の中の浅草海苔と一緒に酒を呑みこんだ渋井は、「ふう、旨《うめ》え」とひと息ついた。

「渋井さん、ではなぜ瀬土家は、安くもないのに秩父屋の材木を、両国橋修復の材料に仕入れたのですか」

「そこだよ、おめえらの話を聞いていて引っかかったのは。秩父屋は越後家というお武家にお出入りしている材木問屋だった。越後家の主人の名は織部さま。お城の奥御祐筆組頭の越後織部さまさ」

「あ？　越後織部さまですか」

むっつりとしていた岡本が、腕組みをといて訊きかえした。

「岡本さんは、越後織部さまを知っているよな」

「名前は存じています。お屋敷が裏霞ヶ関《うらかすみがせき》にあって、ご登城の折りなどに中之口へ向かわれるお姿をお見かけしたばかりですが。ただ、秩父屋が越後さまお出入りの材木問屋なら……」

「そういうこと。つまりな、市兵衛。瀬土家が両国橋修復の材木の仕入れ先を秩父屋に指定したのは、越後織部さまのお口添えがあったためだ。瀬土家は越後織部さまのお口添えなら逆らえねえ。越後さまに逆らって目をつけられたら、両国橋修復のあとも、また金のかかるどっかの普請やら作事やらを押しつけられる恐れがある。お口添え通りにいたしますからもうご勘弁を、ってな」

「そうなのです。営繕土木の課役の諸大名家を選ばれるのは、事実上は奥祐筆さまなのです。諸大名家はそのお役逃れを願って、奥祐筆さまにつけ届けをするのが通例になっています」

「秩父屋の主人は悪びれるふうもなく、越後さまのお口添えをいただき諸大名家のお屋敷よりご用を賜《たまわ》りありがたいことでございます、と言っていた。瀬土家に限らずどのお大名も、奥祐筆さまにゃあ頭が上がらねえ。当然、秩父屋からもお口添えのたびに、儲《もう》けの何割かのお口添え料をお届けしているはずだ。そこらあたりは秩父屋も笑って言葉を濁《にご》していたがな」

「へえ、奥祐筆さまってえのは、そんなに偉《えれ》えお方なんでやすか」

助弥が目を丸くし、感心した。

「偉《えれ》えも何も、おめえ、御公儀のお偉方に出さなきゃならねえ請願書も、奥祐筆さまのお目を通さなきゃあならねえ。奥祐筆さまにつけ届けを怠《おこた》ると、どんなに重大な請願書だろうと地獄箱と恐れられている箱に放りこまれ、陽《ひ》の目を見ねえままになっちまうのさ。なあ、岡本さん、そうだろう？」

「はい。ほかにも上さま御用部屋へつめて機密文書をとり扱われるお役目ですから、御用部屋へ参入する折りは、御老中さまでさえ奥祐筆さまに用向きを述べて許しを得なければなりません。また、諸大名家、お旗本などの人事についても幕閣に意見を述べられ、それによってお役目が左右されます。どのような有力なお家柄であれ、奥祐筆さまにとり入ろうとなさいます」

「それじゃあ、さぞかし身分の高《たけ》えお役目なんでやしょうねえ」

「ところが、そうではないのです。例えば御目付さまと比べても、奥祐筆組頭の官位は御目付さまと同じ布衣《ほい》ですが、職禄《しょくろく》は四百俵《ぴょう》で御目付さまは千石です。家禄も百俵から百五十俵のお家柄なのに対し、御目付さまは百五十石から三千石の家柄で、表向きだけでは比較になりません」

「なんだ。そんなもんでやすか」

助弥が首をひねり、渋井が小さく頷いた。

「ただ、諸大名や有力武家、表と裏、両面よりの様々な働きかけが奥祐筆さまにはありますから、殊に奥祐筆組頭になると実際に手になさる禄は、御目付さまの比ではないと思われます。奥祐筆組頭は四名おられ、中でも、越後織部さまはそういう働きかけ次第により対応が違ってくる、よくも悪くも明快なお方、と噂になっております。もっとも、わたしら下級の者には縁のない噂ですが」

「おれも、縁がねえ話だけどよ」

渋井は酒で濡れた唇を光らせて甲高《かんだか》い笑い声を上げ、ちぐはぐになった目を市兵衛に流した。

退屈でうとうとしていた土間の居候が、笑い声に目を覚まし、「旦那、ご用で」と答えるかのように、二度、店の煤《すす》けた天井へ吠えた。亭主が盆に載せた新しい徳利を運んできて、居候を、

「静かにしねえか」

とたしなめた。

しかし市兵衛は渋井の流し目に応えず、越後織部とはどんな人物なのだろう、と考えていたのだった。

奥祐筆組頭の越後織部の屋敷が裏霞ヶ関なら、諏訪坂の信正の屋敷とさほどは離れていない。奥祐筆組頭・越後織部と大名の瀬土家、越後織部と目付・左池帯刀、そして越後織部と兄・信正。越後織部とは……

五

夜が更けて、愛宕下大名小路と桜川を東西に結ぶ、一名小身小路とも呼ばれる田村小路に長屋門をかまえた、伊勢七万石の門部家上屋敷。

小姓《こしょう》衆さえ次の間に控えさせた邸内中奥書院の一室に、当主・門部伊賀守邦朝、お側用人・宝部治右衛門、公儀十人目付のひとり・左池帯刀、そして同じく公儀奥祐筆組頭・越後織部の四人が着座していた。

床の間を背にした邦朝は、脇息《きょうそく》に肘《ひじ》をついたくずした姿勢で、不機嫌そうな三白《さんぱく》眼《がん》を、左手の唐紙《からかみ》を背に控えたお側用人の宝部へ力なく投げた。二灯の行灯《あんどん》が、邦朝と向き合う形で坐した左池帯刀と越後織部を淡い明かりでくるんでいた。

邸内を廻る火の用心の声が先ほど通り、そのあと長屋の勤番侍目あての風鈴蕎麦《そば》の風鈴の音が聞こえ、ゆきすぎていってからは、深々とした静寂に閉ざされていた。

越後織部は御忍駕籠《おしのびかご》で一刻前の夕六ッ(午後六時頃)、門部家邸内に入った。同じ虎之御門外のやぶ小路に屋敷をかまえる左池帯刀は、それより半刻以上遅れて上屋敷裏門の通用小門を、わずかな供を従えただけでひそかにくぐった。

左池は目だけを出した山岡頭巾《やまおかずきん》で顔を隠し、鼠《ねずみ》色の羽織の目だたぬ拵えだった。

目付は職掌柄《しょくしょう》、交際は遠慮の立場にある。ごく近い縁者のほかは、往来を遠慮するという体裁《ていさい》で、一般の交際が禁じられている。

そのため、今宵《こよい》の寄合を夕六ッの刻限に決めたにもかかわらず、半刻以上遅れてやってきたため、邦朝を少々不機嫌にさせた。

お側用人の宝部は、邦朝の機嫌が気が気でなかった。越後にしても左池の遅れが不快だった。七万石の小大名とはいえ、殿さまを待たせるとはもってのほかである。

「左池どの、お待ちいたしておりました。だいぶお忙しいようですな」

越後が皮肉を交えて言った。左池は越後の皮肉にかまっていられないらしく、ただ青ざめた顔をわずかに歪め、

「あの男、しぶとい」

と、苛《いら》だたしげな口ぶりで言った。

「そろそろかと思っていたのに、一向に埒が明かん。そのために遅れたのです」

「いまだ、返弥陀ノ介が落ちませんか」

「あの岩の 塊《かたまり》みたいな身体つきが、熱さ寒さ、苦痛に鈍感なのです。この二日、人を入れ替えて休みなく責めても、痴《し》れ者みたいになって堪《た》えております。見ているこっちが気味悪くなった」

「確かに頑丈かもしれませんが、生身《なまみ》の人でしょう。そろそろ落としてもらわねば、困りますな。あれしきの者のために、あまりときをかけられませんぞ」

「わかっております。あれほどしぶとい男とは、思っていなかった。とうてい尋常とは思えぬ。このままだと、ずるずるときがたつのみだ。別の手だてを考えねばならぬかも……」

左池は越後より顔をそむけ、おのれ自身に言うように言った。

「別の手を？　どういうことですか。昨日は、ひと晩も責めれば落ちると、仰っていた

たではありませんか」

「普通の者ならそうなのだ。あの男は並の人ではない。化け物だ」

「ただ単純な責問だけではだめなのでは？　硬軟織り交ぜ、張りつめたりゆるめたりと、めりはりをつけるのですよ」

「知りもせず、何を言うておられる。越後どのに教えを授からずとも、その程度のことは知っております。ただ、落とせばいいのではなかろう。あの男に、片岡に不正があったよう、認めさせねばならんのです。やりすぎると死なせてしまう。そんなことになれば、当初の目ろみが狂ってしまう」

越後と左池のやりとりを、邦朝と宝部が黙って見守っていた。

二人は互いに感情を露わにし、このままでは拙《まず》い、わかっている、ではどうするのか、そちらはどうしたいのか、といった押し問答を、密談の場とはいえ一国の領主の前で続けていた。

脇息に凭《もた》れた邦朝が眉間に皺を刻んで、傍《かたわ》らの宝部へ不機嫌そうな三白眼を力なく投げたのはそのときだった。

宝部が邦朝へ黙礼し、二人を睨んで咳払《せきばら》いをした。

「越後どの、左池どの、殿さまの御前ですぞ」

宝部に言われ、越後と左池は邦朝へ改めて頭を垂れた。

「それで越後どの、本当に大丈夫でございますか。殿さまが心配しておられる」

正式の場なら、許しも得ず直答《じきとう》することや目を向けるのさえ不敬にあたるが、越後は意に介《かい》さなかった。

この男の癖である人を見下したような冷めた笑みを浮かべ、邦朝を見上げた。

越後の冷笑に気《け》おされ、邦朝の方がつい三白眼をそらした。

「殿さま、ご心配には及びません。すでに戦《いくさ》は始まっております。戦に不測の事態はつきものでございましょう。ならばこそ臨機応変。それだけのことでございます」

邦朝は口を固く結び、代わって宝部が言った。

「その返弥陀ノ介とか申す小人目付に白状させねば、このたびの訴えに決め手を欠いて、片岡信正失脚に支障が出かねんのでございましょう。その者がこのまま落ちなかったら、どうなるのでございますか。殿さまの思わくが頓挫《とんざ》、ということになるのでございますか」

「ですから宝部どの、心配には及ばぬと申しております。殿さま、去年の冬よりこの数ヵ月、着実に支度を整え、手を打ってまいりました。その支度が整いましたゆえ、次の段階、殿さまの宿願を達成すべき一歩を踏み出したのでございます。踏み出したからには、果断に歩みを進めればよいのです。われらの歩みに較《くら》べれば、下郎《げろう》のことなど小さな躓《つまず》きです。それしきの躓き、蹴散《けち》らすのみでございます」

「臨機応変に、果断にか」

と、それまで宝部に言わせていた邦朝が、幾ぶん甲走《かんばし》った声を上げた。

「臨機応変にして、しかも果断に進むのでございます。言葉のあやでございますよ。何とぞお心安らかに、わたくしにお任せくださりませ」

越後がゆるめた唇の間から黄ばんだ歯を見せた。

「蹴散らすとは、どのようになさるおつもりですか」

宝部がためらいがちに訊いた。

「宝部どの、ご心配ですか？　ですが、われらがここで気をもんでおっても、事態は今よりよくも悪くもなりはしませんぞ。よくなるか悪くなるかは、次にどういう手を臨機応変に果断に打つか、です。打てばよくなり、打たずにただ手をこまぬいておれば悪くなるのです」

「どういう手がござるのか」

隣の左池が、声を低くして言った。

「左池どの、また繰りかえしですな。あなたはどうなさるおつもりなのです？　あなたにはどういう手だてが、おありなのですか」

　左池はむっつりと黙りこんだ。

「ふん。左池どの、片岡信正ならこういう場合、どういう手だてを講じてきましょうな。あれしきの者でも、存外したたかなところがありますぞ。下手《へた》を打っとせっかくの好機を逸《いっ》しかねません。それどころか……」

「片岡ごとき、老いぼれだ。ま、負けはせぬ」

「ですから、まずあなたはどうなさるおつもりなのかを、おうかがいしたい。高々十五俵の小人目付ごときに手を焼いて、踏み出した一歩目で躓いておられる。そんなことで片岡に勝てるのですか」

「だから、返は必ず落とす。落とすことはできるのだ。ただ、責問をやりすぎて、殺してしまっては台無しだから、ときが思っていたよりはかかっておる」

「いつまで、かかるのですか」

「それはだな、今夜中か、明日には、たぶんなんとか……」

「たぶん？　なんとか？」

　ぐずぐずと言いかえす左池を皮肉るように、越後が言った。

「左池どの、返弥陀ノ介は始末しましょう。あんな下郎の命よりときの方が惜しい。

兵は神速を貴《たっと》ぶ、と申しますからな」

越後が言い、邦朝と宝部は眉をひそめた。

「返を始末したら、証拠はどうする。返の白状なくして、片岡をどうやって評定所へ引き出す。第一、返の死を御参政にどのように言いわけする。筋の通った言いわけがむずかしい」

「手ぬるいことを言われる。返を捕縛したことで、引きかえす手はもう断《た》ったのです。左池どのが仰ったのですぞ、この手が一番確実だと」

「そ、それはそうだが、計略をたてたのは越後どのだ」

「ですから、計略を実行するのみではありませんか。返が洗いざらい白状したことにして口上書を作り、爪印《つめいん》を押させるのです。そののち、おのれの罪を悔いて隙《すき》を見て刀を奪い、喉をかききった。あるいは腹をきった。苦悶《くもん》しているゆえ、武士の情けによって止《とど》めを刺した。そう言いわけすればいいのです。あるいは処罰を恐れて、隙を見て逃げ出したところを斬り捨てた、ということにしてもいいでしょう」

「無茶だ。乱暴すぎる。かえって御参政に疑われるぞ。そんな見え透《す》いた手だてが通じるはずがない」

「そこを通じさせるのです。口上書と爪印があれば、片岡を評定所へ引き出すことはできます。返の命は、まあなくてもなんとかなるでしょう」

殿さま――と、越後は邦朝へ膝を向け直した。

「計略は単純でわかりやすいほど、役にたつのです。単純でわかりやすい手を迅速《じんそく》に積み重ねていきます。複雑な手はいけません。複雑ゆえに下手を打つ恐れがございます。通じさせるかさせぬか、あとは門部家の金が物を言うでしょう」

「越後どの、金の通じぬ者がいたら、どうなさるのですか」

宝部が不安を隠さず、横から口をはさんだ。

越後は人を見下す癖のある目を、宝部へ向けた。

「まったく、金の通じぬ輩《やから》は、金の価値がわからぬ無能のくせに棘《とげ》のように厄介《やっかい》でございますな。はは……確かに、そういう者もわずかにはおります。ですが結局のところ、人は己《おのれ》の欲には勝てません。金のある者が勝つのです。世の中は、少数の真実より多数の嘘《うそ》が正しいのです。門部家の金が片岡を評定所へ引き出し、必ずや厳しき裁断をくだすでしょう」

「しかし、あまり走りすぎると目だちます。単純でわかりやすいのはよろしいが、こういうことはなるべく目だたない方が、いいのではありませんか」

「宝部どの、小細工は効果がない。一旦動き始めたなら、一気呵成《いっきかせい》にやり遂《と》げねばなりません。狙い通りにやり遂げたのち、次の狙いへ進む。次の狙いは、いよいよ殿さまの出番でございますな」

邦朝は忘れていた宿願を思い出させられ、口元をゆるめた。片岡信正を目付役から失脚させる企《くわだ》ては、邦朝の宿願のまだ道半ばでしかない。

「わたくしが計略を練《ね》り、瀬土家へ根廻しをし、御参政へ訴えかけ、まずは舞台を拵えました。演ずるのはみなさま方でございますぞ。いかに舞台が整っていても、役者が下手では話になりません。左池どのは片岡信正を評定所へ引き出し、裁断をくだされて失脚させられるところへ追いこむ。殿さまは幕閣への働きかけを果断に推《お》し進める。殿さまの働きかけをあと押しする十分な元手を調《ととの》えるのは、宝部どのの役でございます」

宝部は口をへの字に結んで、自信なさげな溜息をついた。

「宝部どの、今は苦しくともこれを越えれば、あとで利息がついて戻ってきます」

「はあ。でないと、このままではわがお家は大変なことに相なります」

邦朝が三白眼を宝部へ投げた。

「武門の面目であれ、富であれ、権勢であれ、あるいは報復であれ、それぞれが望むものを手にすればよい。われら四人が粗漏《そろう》なく役割を果たせば、答えは自《おの》ずから出てまいります。そうそう、仕きり役のわたしの見る限り、これまでのところ、露庵のお桐の働きが抜群ではございませんかな。お桐がよく、片岡家の内情を調べてくれました。われら四人ではなく、お桐が今のところ一番の功労者でしょう」

「お桐が役にたちましたか。それはよかった」

宝部が眉間に深い皺を寄せて言った。

「殿さまのお指図によりお桐をお借りでき、大いに役だちました。高が菓子屋の娘がなかなかの働きでございました」

越後に言われ、邦朝が薄笑いをこぼした。

だが宝部は、邦朝の薄笑いに気づかなかった。

「お桐の働きで思い出しました。片岡信正の末の弟で、庶子《しょし》とかの男の素性《すじょう》は知れましたか。市井《しせい》に身をおき、片岡の江戸市中における耳目、密偵の役割を果たしておるという。そうだ、唐木市兵衛でしたな」

越後が「ふむ」と頷いた。

「お桐には、片岡の親類縁者の筋を調べるよう指示いたしました。お桐によりますと、唐木市兵衛の調べがもっとも難儀したそうです。お桐が薄墨にいる間、仕事や片岡の婚儀の手伝いの都合とやらで、たまたま薄墨には現われず、そのため直《じか》に知り合う機会はなかった。それでも人を使い探り出したところ、唐木市兵衛は、片岡の耳目、密偵ではありませんな」

と越後が言った。

「唐木市兵衛は、江戸市中に潜伏する片岡の密偵ではないのですか」

「事情はわかりませぬが、片岡家を出て母方の姓の唐木を名乗り、上方に上って算盤《そろばん》や商《あきな》いを身につけたという妙な浪人者です」

「算盤や商いを？」

「数年前に江戸へ戻り、今は算盤技を生かして渡り用人を生業《なりわい》にしております。そんな末弟に同情したのでしょう。片岡が唐木に殊のほか目をかけ、唐木も屋敷にしばしば出入りしておるため、目付という仕事柄、片岡の隠密の配下ではないかと片岡家の出入りの御用聞きらの間で噂になった。どうやら、その程度のようです」

「そうでしたか。とるに足らぬ者ですな」

「ですが唐木という男、上方で剣術も身につけ、相当な腕前らしいとの噂もありましてな。片岡の指図次第ではどういう動きをするかわからず、念のための用心は必要であろう、というのがお桐の見かたでした」

邦朝が三白眼を訝しげにそそいでいた。越後はそれに気づき、冷笑をかえした。

「殿さま、ご心配におよびません。あくまで念のためではございますが、唐木の方へも手配りはいたしております。その程度の者と見くびって、蟻《あり》の一穴《いっけつ》になっては元も子もありませんので」

「誰にやらせておられる」

左池が訊いた。

「前にお話しいたしたでしょう。後沢《のちざわ》さんです。事を始める前から片岡家の人の出入りを探らせておりました。後沢さんに、唐木市兵衛の動きも押さえておくようにと指示いたしました。後沢さんの配下には腕利きがそろっておりますので、唐木周辺の見張りにも抜かりはありますまい」

「御庭番《おにわばん》の後沢兵部《ひょうぶ》か。しかし、後沢は片岡憎しで凝《こ》り固まっておる。先走って転ばぬように気をつけてもらわねば」

「左池さまのように、慎重はよろしいが、いまだに返ごときに手を焼かれておられるのも困りものですがな」

越後が露わな皮肉を言った。

左池は苦々《にがにが》しげな表情になり、顔をそむけた。

「大丈夫、子供ではないのです。片岡を潰すために自らが先走って自らを損なうような愚か者と、手を結んだりはいたしません」

越後は左池の横顔へ、嘲笑を投げた。

宝部が怯《おび》えた目を邦朝へ向けたが、邦朝の三白眼がそれを冷たく撥《は》ねかえした。

六

後沢兵部は、市谷田町《いちがやた》四丁目のお濠端の暗闇の中に佇《たたず》んでいた。

市谷御門橋から八幡《はちまん》町をすぎ、寝静まった田町四丁目に設けられた火除《ひよ》け地のわきである。

道の東側に横たわるお濠は暗く塗りこめられ、暗がりの向こうに土塀をつらねる番町台地の武家屋敷は、鬱々《うつうつ》とした夜更けの闇の中に沈んでいた。

道の西側は、火除け地の背後に迫る尾張《おわり》家の広大な上屋敷の影が、巨大な漆黒《しっこく》の山のごとくに盛り上がって夜空を隠していた。

あたりは八幡町や田町の自身番、武家地の辻番より離れ、夜更けは人影が途絶える寂しい通りである。

後沢兵部は市谷御門の方より、漂《ただよ》い流れてくる小さな明かりを見守っていた。

それは儚《はかな》い人の命の灯火にも、さ迷い漂う人魂《ひとだま》にも思われた。

灯火はそれでも次第に近づいてきて、提灯の小さな明かりにくるまれた侍の姿を夜道に浮かび上がらせた。

侍は小人目付の黒羽織を羽織り、菅笠をかぶって顔は見えなかった。

しかし後沢は、侍の風貌を見間違いはしなかった。中背の痩せた、身の軽そうな身体つきだった。

返弥陀ノ介の、あの岩塊のような風貌とはまるで違っていた。

夜廻りの拍子木《ひょうしぎ》や犬の遠吠えはなく、静寂が息をひそめて後沢の様子をうかがっていた。

静寂の向こうに、静かに草履《ぞうり》が鳴っていた。落ちついた力強い歩みを、提灯の火が照らしている。

侍を哀れに思い、かすかな笑みを浮かべた。

人を哀れに思うと、笑いたくなる。なぜか後沢はそうなった。

五間《けん》（約九メートル）をきるほどの間まできたとき、侍はようやく夜道の前方に明かりも持たずに佇む後沢に気づいた。

歩みを止め、前方を照らすために提灯を高くかざした。

「誰だ……」

侍が先に言った。

「岡本、伸三。待っていた。用がある」

後沢が言った。

岡本は答えず、提灯の明かりがかろうじて照らし出した人の姿を睨んでいた。

「用があるなら、まず名乗れ」

小人目付として返弥陀ノ介と働いてきた岡本は、闇夜に待ち伏せていた怪しげな影に怯《ひる》まなかった。提灯をかざしつつ、羽織を払い腰の刀をつかんだ。鯉口《こいぐち》をきり、半身になって身がまえた。

「卑《いや》しき隠密目付が、腕に覚えありか」

「誰に、頼まれた……」

そう言った岡本の左右と後ろより、二つ、三つ、と人影が近づいていた。

周囲に強烈な殺気が漲《みなぎ》り、囲みを縮《ちぢ》めていた。

「用はな、岡本。目障《めざわ》りなごみの掃除だ」

ごみ掃除をする——と、後沢は最後の言葉を呟くように言った。

岡本は左右と後ろの影へ素早い視線を送り、その数と前方のひとりとを比べていた。影は五つか六つ、いやもっとある。左右と後ろ、どちらへ走るか、考えているのが後沢にはわかった。

岡本のかざした提灯が左右にぶれ、それから前方へ再び向けられた。

「そうだ、前だ。前はひとりだ、岡本」

後沢は笑みをこぼした。人の心がたやすく読めた。

怯え、怒り、欲望、憎悪、嫌悪、転変する人の心の埒のなさが笑えた。

岡本が歩みを進め始めた。

五間弱の間が歩みと共に縮んでゆく。初めはゆっくりと、それからだんだんと速くに間がつまってゆく。

だが、後沢は夜道に佇んだままの姿勢を少しも変えなかった。

岡本を囲む左右後ろの影が、流れに引き寄せられるように動きを合わせた。

それでいい。こい、こちらへこい……

呟いたとき、投げ捨てられた提灯が岡本の背後へ飛んだ。

明かりが急速に薄れた途端、岡本の身体が躍動した。

抜刀を上段へとり、雄叫《おたけ》びを響かせた。力強くひたすらまっしぐらに、突き進んでくる。暗闇の中で見開いた目だけが燃えていた。

後沢は膝を折り、鯉口をきってなめらかに抜き放った。

一気に肉迫した岡本の一撃がうなりを上げた。

白刃《はくじん》がきらめき、刃《やいば》に怒りが渦巻き、闇を引き裂いて後沢へ襲いかかった。

うなりを上げる上段よりの撃刃を躱《かわ》しつつ突進し、交錯《こうさく》する岡本のわきへ抜き放った大刀を流れに任せて添わせた。

刃が肉と骨を舐《な》めて走ってゆく。

「あっ」

岡本がかすかな声をもらした。

後沢は岡本のわきを抜いた一刀と共に傍らを俊敏にくぐり抜けた。咄嗟《とっさ》に翻《ひるがえ》り、前のめりになった岡本の背中へ、追い打ちの袈裟懸《けさがけ》を浴びせた。

背中が拍子木を鳴らすような音をたてた。

岡本が長い絶叫を響かせ仰《の》け反《ぞ》った。

くるくると舞い、それから身体を支えきれず、絶叫を引きずりながら横転した。

離れた町家の方で、犬が次々に吠え始めた。

岡本は道端の火除け地の草むらへ転がり逃げ、あがき、草むらの奥へと這《は》った。懸命に逃れようとする喘《あえ》ぎ声が、高く低く夜道に流れた。

しかし、幾つもの影が岡本をとり囲み、躊躇なく止めを刺した。

誰も声を出さず、ただ鼻息だけが荒々しく聞こえた。

まるで、仕留めた獲物《えもの》をあさる飢《う》えた野良犬のように。

後沢は、配下の者らが止めを刺す様《さま》を見ていた。

喘ぎ声は、最後のうめきを残してかき消えた。

叫び声を聞きつけたらしく、お濠端の自身番の方から、提灯の明かりが数個出てくるのが見えた。次々と続く犬の吠え声にまじって、人の声がした。

「いくぞ」

後沢は血を払うため、暗がりの中に刀をひとふりした。

手には心地よく伝わった手応えがまだ残っていた。見事なきれ味だった。相手が相応の使い手だからこそ覚えられる喜びだった。

越後より唐木市兵衛とその周辺の者の始末は、後沢の判断に任されていた。

まずは、ちょろちょろとうるさい雑魚《ざこ》からだ。後沢は岡本を始末することにした判断に自信を持っていた。

「ためらう心が隙《すき》を生む。徹底してやるのだ」

自らへそう呟きながら、満足を覚えていた。

そして、いい仕事ができた、と自賛し、夜道へ冷静な歩みを進めた。

市兵衛が雉子町の八郎店の住まいへ戻ると、土間続きの板敷の上がり端に書状が残されていた。半紙を三つに折っただけの矢藤太の置手紙だった。

《おくみがみつかり申し候《そうろう》　明日朝、お待ち申し候　早朝にても障りなきにて候
宰領屋　矢藤太》

とあった。

市兵衛は行灯《あんどん》のそばに端座して、物思いに耽《ふけ》った。おくみがみつかったか、と思ったとき、何かが脳裡をよぎったからだ。

矢藤太の手紙をおき、ぼんやりと覆う脳裡の霞《かすみ》を払っていった。

するとそれは、不意に見えた。

目の下に、小さなほくろがあった。

宇田川町の通りに面した菓子処・露庵の、前土間に続く店の間だった。

店の間に帳場格子があり、そこにいた女の目が表通りへそそがれていた。

往来を通りかかった市兵衛は、女の目の下に小さな薄いほくろを、ほんの一瞬、認めたのだった。

しかし市兵衛が気づき、往来から店の中へ目を向けたとき、紫の軒暖簾の間に見える店の間の帳場格子の人影は消えていた。

店の間から奥へ入る半暖簾を払った女の後ろ姿を、市兵衛は見たのだった。

おくみがみつかったか……

市兵衛は呟きながら、おくみの目の下の小さなほくろを見ていた。

第三章　松の大廊下

一

「どうでい、市兵衛さん、大《てえ》したもんだろう。おくみを見つけたぜ。たったあれだけの手がかりで、わずか一日半だ。われながら感心するぜ。人はおれの売物だ。よって売物のことはすべてお見通しさ」

と、矢藤太は薄っぺらな笑い声を、三河町の人通りの中へまいた。

「おぬしが人を売物にする商売人であることは認める。しかし、もう少し静かに笑えぬか。人が見るだろう」

市兵衛が矢藤太を横睨《よこにら》みにして、からかった。

「いいじゃねえか、どう笑おうと。おれの好きにさせろよ。市兵衛さんのためにただで働いてやったんだぜ。ありがたく思えってんだ」

「確かにただだが、おぬしに預けたままの手数料の……」

「わかったわかった。みなまで言うなって。おれの本心はさ、ただとか金がかかるとかじゃなくて、市兵衛さんのために役にたつことが嬉《うれ》しい、と言いてえのさ」

「物も言いようだな」

二人はそこで、周りの目も気にせず笑い声をそろえた。

今朝、《宰領屋》へいくと、矢藤太は羽織の袖《そで》に手を通しながら出てきて、どこへとも言わずいきなり、「行くぜ」と三河町の通りを足早にいき始めた。「どこへゆく」と訊《き》いても、にた、と口元を歪《ゆが》め、

「まあきな。佐久間町へはいかねえよ」

と、気を持たせた。

「それから、《薄墨》の亭主にもきてもらうぜ。ちょいと遠いが、肝心《かんじん》の本人が確かめねえとな。昨夜は市兵衛さんが留守だったから、亭主へはおれの方から知らせた。おくみを見つけたってな」

そうして、市兵衛と矢藤太は肩を並べて鎌倉河岸の薄墨へ向かったのだった。

朝はうららかな日和《ひより》だった。

通りの先に、鎌倉河岸の小屋掛《こやがけ》や曲輪《くるわ》の石垣と白壁、曲輪内の大名屋敷の松林が、降りそそぐ日差しの下に見えていた。

「それからな、市兵衛さん……」

ひとしきり笑ってから、矢藤太が言った。

「これから確かめにゆく女が、亭主の捜《さが》すおくみに間違《まちげ》えなかったら、ちょいと言っておきてえことがある。おれは人を売物にして、あっちへ動かし、こっちへ動かしする玄人《くろうと》さ。当然、売物の人の素性《すじょう》を調べなきゃあ仕事にならねえし、調べる手だては幾《いく》つか持っている。そのおくみとかいう女の素性を調べた。するってえと、ちょっと気になる事情がからんでいたのさ」

「気を持たせるな。今言えばいいではないか」

「いいや。市兵衛さんがどうしても聞かせろと、本気になるまではな」

矢藤太は市兵衛の関心をかきたて、それをはぐらかして面白《おもしろ》がっていた。

「よかろう。おくみを確かめてから聞こう。で、どこへゆく。いき先ぐらいは聞かせてくれてもいいだろう」

「いき先は虎之御門外のずっと先さ。ちょいと遠いだろう。そうそう、五十松屋と伊丹屋は汐留《しおどめ》と木挽《こびき》町に見つかった。五十松屋は汐留の船宿で、伊丹屋は木挽町の鰻《うなぎ》屋だ。おくみが働いていたというのは、違っていたがな」

「おくみは五十松屋と伊丹屋の客だった。店の名を出まかせに言ったのだな」

「あたり。さすが、呑《の》みこみが早いね」

矢藤太が笑った。

宇田川町のあの女だと、市兵衛はもう確信していた。

だがこの仕事は、静観がおくみを確かめさえすれば、仕事は終わる。あとはどうするか、静観次第である。

そこから先は、市兵衛にかかわりはない。

薄墨では静観が出かける支度《したく》をして、市兵衛と矢藤太を待っていた。

「市兵衛さん、お手数をおかけします。昨夜、宰領屋さんからお知らせをいただきました。ほんまに、自分でもええ歳《とし》して辛気臭《しんきくさ》いことやと思うております」

と、静観は細身ながら矍鑠《かくしゃく》とした体軀《たいく》を縮《ちぢ》めた。

しかし上等そうな弁慶縞《べんけいじま》の羽織を着け、月代《さかやき》も綺麗に剃《そ》った身綺麗な拵《こしら》えが、言葉とは裏腹にやはり心が浮きたつのか、一昨日《おととい》より若やいで見えた。

「新橋《しんばし》までまいりましょう。勝手やと思いましたけど、船を頼んでおります」

静観は言った。

鎌倉河岸から船で新橋までいき、河岸場《かしば》に上がって芝口の往来を南へとった。往来を宇田川橋の近くまできたとき、矢藤太が足を止めた。

宇田川橋の袂《たもと》に、京銘菓処《きょうめいかどころ》《露庵》の瓦《かわら》を葺《ふ》いた屋根に看板が掲げられ、紫色の軒暖簾《のきのれん》を飾っている店がまえが見えていた。

客の出入りで店先が賑《にぎ》わっている。

「ちょいといいかい、お二人さん」

と、道端へ人通りをよけて矢藤太が言った。

「あそこに露庵という菓子処が見えるだろう。静観さんの捜しているおくみはあの露庵の主人・露次《つゆじ》の娘だ。おくみじゃなく、お桐という名で、娘と言っても、もう二十九の出戻りの年増《としま》でやすがね」

「え？　露庵というと、あの老舗《しにせ》ふうの京銘菓処どすか」

静観が露庵を見やって、意外そうに言った。

「鎌倉河岸の薄墨も名の知られた高級京料理屋でやすが、露庵もこの界隈《かいわい》じゃあ京銘菓の老舗で通っておりやした」

「おくみが、露庵の……」

「そういうことでやす。おくみは乳母日傘《おんばひがさ》で育ち、下女奉公や仲居勤めをしなきゃ暮らしていけねえ女じゃありやせん。静観さん、まずおくみが露庵のお桐かどうかをこっそり確かめて、おくみに間違《まちげ》えなかったら、おくみに会うかどうかは、わたしの話を聞いてからにしてくれやせんか」

「は？　はい」

「いえね。仕事柄、人の境遇がいろいろと伝わってきやす。おくみ、いやお桐の素性で少しばかりわかったことがありやしてね。わたしがとやかく言う筋合いじゃねえものの、静観さんは市兵衛さんのお知り合いだ。余計な口出しをさせていただきやす。つまり、どういうふうになさるかは静観さんの勝手だが、その前にお桐の素性をお知らせした方がいいんじゃねえかと思うんでやす。市兵衛さんもいいかい」

矢藤太は持って廻《まわ》った言い方をした。気を持たせたり歯ぎれが悪かったり、今朝の矢藤太は普段の単刀直入なこの男らしくなかった。

「静観さんがいいなら、聞かせてくれ」

市兵衛が答えると、静観は戸惑《とまど》いながらも訝《いぶか》しげに頷《うなず》いた。

三人は露庵と往来をへだてた墨筆硯《すずり》問屋の店へ客を装《よそお》って入り、店の前土間から露庵の様子をうかがった。

客や手代《てだい》が出入りするたびに、紫の軒暖簾が翻《ひるがえ》り、露庵の店の間の帳場格子《ごうし》に坐《すわ》っている女が見えた。今日の女は往来を見ておらず、帳簿に目を落とし、筆を使っていた。

目だつ器量ではなかった。どこと言って特徴のない、人並な風貌《ふうぼう》に見えた。

それゆえに秘めた内面の暗がりを感じさせるのは、静観との妙なかかわりを知っているからかもしれなかった。

離れていても、女の目の下の小さなほくろが見えるような気がした。

あの女が京銘菓をつまみ、茶を飲む仕種《しぐさ》が見える気がした。

普段から茶をたしなむ、そういう暮らしに違いなかった。

すると静観が、「おくみ……」と、愛《いとお》しそうな声をもらした。

踏み出した静観を矢藤太が止めた。

「おくみに間違《まちげ》えありやせんね。お気持ちはわかりやす。けど静観さん、わたしの話を聞いてからにした方がいいと思いやす」

「静観さん、矢藤太は何かを知っているのです。矢藤太の話を聞きましょう。それからでも遅くはありません」

と、市兵衛もうろたえる静観をなだめた。

三人は、宇田川橋袂の露庵の前をすぎ、往来の先の蕎麦《そば》屋の座敷に上がった。座敷は往来に面して、連子《れんじ》格子の窓から露庵の店先が見渡せた。露庵の紫色の軒暖簾が、人の出入りのたびにひらめいている。

昼にはまだ早く、矢藤太が酒を頼んだ。

静観は酒を満たした盃《さかずき》に手をつけず、窓ごしにじっと露庵を見つめていた。

「出戻りになってからのお桐には新たな嫁入り先は見つからず、家業の露庵を手伝ってかれこれ七年になりやす。出戻りとはいえ、暮らしに不自由のないお桐がなんでまた五十松屋や伊丹屋で働いていたと偽《いつわ》り、薄墨の使用人になったのか、そいつは妙だ、どう考えたってわけありだ、と誰だって気を廻しやす」

気持ちが先走っているからか、往来へ向いた静観の背中が細かく震えていた。

「露庵は界隈のお金持ちをお客に持つ高級菓子処でやす。小売りよりもお屋敷廻りを商《あきな》いの中心にしている老舗で、町民でも相応のお金持ち、大身《たいしん》の旗本、大名屋敷にお出入りを許されておりやす。中でも、伊勢の国の門部家七万石《ごく》は、三代ばかり前から露庵が御用達《ごようたし》で、門部家当代ご当主の伊賀守邦朝さまと露庵の今の主人・露次は、殊《こと》のほか親密な間柄なんだそうでやす」

「伊勢の門部家？　上屋敷はこの界隈なのか」

「虎之御門外に近い田村小路にお屋敷がある。ご譜代のお家柄さ」

「御用達なら、露庵の主人と殿さまが親しくなっても不思議ではないだろう」

「まあな。だが、主人の露次と殿さまが親密な間柄なら、当然、娘のお桐も殿さまにお目通りを許されており、もしかしたらお桐は、殿さまのお手つきと考えられなくもねえ。嘘《うそ》かまことか、七年前、お桐が出戻りになった理由が、門部家の殿さまのお手つきになったため、という噂《うわさ》もあるくらいでさ」

静観は矢藤太を見かえし、「お殿さまのどすか」と小声で訊いた。

「いえ、ただの噂でやす。門部家と露庵の間が親密だから、周りが勝手に言い触らしているだけかもしれやせん。ともかく、嘘かまことかはわかりやせんし、仮にそうだったとしても、人にはその人なりの事情がありやすからね」

静観がわずかにうな垂《だ》れた。しかしすぐに、窓の外へまた目を向けた。

「けど、それだけなら、改めてこんな話はしやせん。どうでもいい噂や評判の中で、ひとつだけ、聞き捨てならねえ話があったんでやす」

矢藤太が盃を軽く舐《な》めて、指先で唇を軽くぬぐった。

「これは門部家上屋敷勤番のお侍から直《じか》に聞いた、ちょいともっともらしい話でね。じつは、表向き露庵は門部家御用達を務めながら、裏で門部家のための別のお役目を負《お》っているって言うんだ。但《ただ》し、この話を訊き出すにはちょいとしたお足が要《い》ったんだぜ。それは心得ていてくれよな、市兵衛さん」

矢藤太は市兵衛の方へ身を乗り出し、声をひそめた。

「心得た。続けてくれ」

「どういう経緯《いきさつ》があってそうなったのかはわからねえが、今の邦朝さまが門部家を継《つ》がれて以来、露庵の露次は邦朝さまの密偵のお役目を申しつかっているらしい」

「密偵？」

ふむ、と頷いた矢藤太へ、静観が首をひねった。

そうなんでやす——と、矢藤太は静観へ繰《く》りかえした。

「露次は、店にくるお客やお出入りをしているお武家屋敷のお客から様々な話を聞き出し、それを逐一《ちくいち》邦朝さまに報告しているそうでやす。つまり、出入りを許されている諸侯や有力武家の間のつながりや反目、何家と何家の対立、遺恨、どこそこのお家は台所事情がどうの、あそこのお家は姫さまの男出入りがこうのとか、世間には知られたくねえ類《たぐい》の裏話、裏事情を、ずいぶん集めているそうでやす」

「殿さまが、露庵の露次にそれをやらせているのか」

「そうだと思うよ。露次もおそらく、殿さまの御ために、と懸命にお役目を果たしているんだろうがね」

「殿さまはなんのために、そんなことをやらせてはるのどすか」

静観が不安げに訊いた。

「さあ、そこはわかりやせん。諸侯や有力なお武家の体裁《ていさい》の悪い裏話や裏事情を探って、それが門部家の何かのお役にたつんでしょうかね」

「諸侯や有力武家の間で、門部家の評判はどうなのだろう」

「とりたてて悪くもねえし、よくもねえと、勤番のお侍は言っていたね。ただ殿さまの邦朝さまは、門部家の名を上げることに熱心な殿さまらしい。そのために領内の経営やら、江戸城でのお立場、体裁などにずいぶん気を遣われる気位の高いご気性《きしょう》だと」

「門部家の名を上げるために、殿さまが領内の経営や江戸城でのお立場、体裁に気を遣うことは訝しくはない。一国の主《あるじ》ならば、それを望むのはむしろ当然だ。しかしそれと、諸侯や有力な武家の表沙汰《おもてざた》にしたくない裏話や裏事情を探る狙《ねら》いが、よくわからない。それでは他家の弱味を探っているようなものだ。ましてや、御用達商人にこっそりそれをやらせるというのは、気位の高い気性には相応《ふさわ》しいと思えぬ……」

「だからさ、普通なら別に何か思わくがあって露次にそれをやらせているんじゃねえかと、勘繰りたくなるだろう。もしかしたら、露次の娘のお桐が静観さんに近づいたのも、露次の密偵役とかかわりがあったんじゃねえかとさ。だとしたら、お桐が静観さんに五十松屋や伊丹屋の名を出まかせに出したのも領けなくはねえ」

と言いやすのもね、静観さん——と、矢藤太は身を乗り出した。

「露次は露庵に奉公している手代の中の気の利《き》いた者を密《ひそ》かに数人選んで、お出入りしているお屋敷ばかりじゃなく、殿さまがここをと狙いをつけた諸侯やお武家のお屋敷周辺で、そのお武家にまつわる表沙汰にしたくねえ噂や評判を聞き廻らせたり、ときには御用聞きなどに姿を変えてお屋敷へ入りこませたりと、まるで、本物の密偵みてえな真似《まね》をさせているそうなんでやす」

矢藤太はそこで周囲を見廻し、間をおいた。

「で、その隠密役の手代らを指図しているのが、たぶん、露次の娘のお桐なんでやす。つまりお桐は、父親の露次と同じ、門部家の殿さまの密偵ってわけなんでやす。お桐は、門部家の殿さまのお側用人らしき人物と、船宿の五十松屋とか鰻料理の伊丹屋とかで密談し、殿さまの指図を受けたり、報告したりしていたようですぜ」

静観はうな垂れ、眉《まゆ》をひそめた。肩を落として沈黙した。そして、

「それで、五十松屋と伊丹屋、どすか……」

と、重苦しい声をもらした。静観は信じられないというふうに、額《ひたい》へ掌《て》をあてた。しかし信じられなくとも、露庵の店の間の帳場格子に平然と坐るお桐に、懇《ねん》ろ《ご》になったおくみとは違う女の顔を見せつけられ、落胆を隠せないふうだった。

「静観さん、お桐がおくみと偽り、狙いがあって静観さんに近づいたのは間違いありやせんぜ。どんな狙いかは今はまだわからねえが、わたしが思うに、お桐は門部家の殿さまのなんらかの役目で薄墨へ入り、何かを探り出すために静観さんと懇ろになった、と考えるのが筋が通っておりやすね」

矢藤太は静観から市兵衛へ目を移し、さらに言った。

「どうでえ、市兵衛さん。何か思いあたる節はないかい。静観さんとお桐じゃなくてさ、静観さんと門部家の殿さまとのかかわりについて、どうだい」

市兵衛は、ふむ、とひと息ついた。

「ある」

市兵衛はただひと言、矢藤太に答えただけだった。

「何が思いあたるんだい」

矢藤太は空《から》になった自分の盃へ酒を満たした。

思いあたる節は、ひとつ。

伊勢の門部家七万石の当主・邦朝と鎌倉河岸で京料理屋・薄墨を営《いとな》む亭主・静観。そして、静観の娘・佐波を奥方に迎えた公儀十人目付《めつけ》筆頭格の片岡信正、それしかない。

不意に、兄の信正と弥陀ノ介の身に今降りかかっている奇妙な嫌疑に、根の深い邪《よこしま》な意図が隠れている気がした。あれは門部家にかかわりがあるのか、と不可解な不審が急速にこみ上げてきた。

「どうした、市兵衛さん」

何も答えず黙りこんだ市兵衛を、矢藤太は訝った。

昼の刻限が近づき、蕎麦屋に客が入り始めて周りが次第に賑やかになっていた。

市兵衛は、静観へ向いた。

「静観さん……」

おくみという若い女が自分の前に現われたわけが偶然ではないことを、静観にはもうわかっているはずだった。

「静観さん、いいですね」

「へえ、市兵衛さん。まいりましょう。お供いたします」

静観は顔を上げられず、しおれた様子でようやく言った。

「矢藤太、わたしと静観さんはこれからいかなければならないところができた。おぬしの探ってくれたことが役にたった。事情は後日話し、改めて礼をする」

弥陀ノ介の身に万が一のことがあったらと、案じられた。

このまま諏訪坂の片岡家へいき、信正に昨日の経緯とこの事態を伝え、弥陀ノ介の救出の手だてを講じる必要がある。

「ええ？　そ、そうなのかい？　まあ、市兵衛さんの役にたったんならいいんだ。礼なんぞいらねえけどよ、わけは聞きてえな」

すまぬ――と、座を立ったときだった。

格子窓越しの往来を通りかかる人波の中に、浪人風体《ふうてい》の二人連れを認めた。

ひとりは紺《こん》の着物に紺袴《ばかま》、もうひとりは納戸《なんど》色の羽織と茶の袴で、どちらも深編笠《ふかあみがさ》をかむり黒鞘《くろざや》の二刀を帯びていた。

顔は見えなかったが、市兵衛は納戸色の侍の方がすぐにわかった。

紺の着物の方は、見かけたような気はするものの、定かには思い出せない。

二人の侍は、店の中の市兵衛たちに気づかなかった。

蕎麦屋の格子窓の前をすぎ、宇田川橋の方へ歩み去っていく後ろ姿を、市兵衛は目で追った。

二人の先に宇田川橋の袂の露庵の軒暖簾が翻っている。

「市兵衛さん、どうかしたかい」

矢藤太が市兵衛に言った。

「たった今、顔見知りの者がこの前を通りかかった」

市兵衛は答えながら、往来をゆく二人から目を離さなかった。

二人は人通りの中を見え隠れし、露庵の店前へ差しかかっていた。

「顔見知り？　誰だい。おれの知っている者かい……」

矢藤太が市兵衛に並びかけ往来を眺めた途端、二人は前後して露庵の紫の軒暖簾を払って店の中へ姿を没したのだった。

二

市兵衛と静観は、宇田川町から道を急いだ。

赤坂御門内諏訪坂の片岡信正の屋敷へ入ったのは、その昼の八ツ（午後二時頃）前である。

お腹の大きな佐波が二人の通された座敷へ現われ、父親の静観へ京訛《なまり》で言った。

「どないしやはったん。殿さまのことを心配して、きてくれはったん」

誰に対しても佐波の微笑《ほほえ》みは優しい。静観は少しはにかんだ顔つきになり、

「そ、そうどす。今日になって市兵衛さんに、殿さまの大変な事情をお聞きいたしまして な」

と、弱々しく言ったが、そのあとに続けた。

「じつは奥方さま、おうかがいいたしましたのは、それだけとは違うのどす」

父と娘とはいえ、静観と佐波は今はもう、鎌倉河岸の一介《いっかい》の料理人と旗本千五百石の奥方である。身分が違っている。

「市兵衛さん、やはり、容易ならぬ事態ですか」

佐波の笑《え》みが消え、憂《うれ》いが目に浮かんだ。

「義姉上《あねうえ》が心配をなさるほどの事態ではありません。お腹の子に障《さわ》ります。何とぞお心安らかに。ただ、兄上にどうしてもうかがわねばならぬことが、起こっているようなのです。このたびの一件とは筋の違う、静観さんに少々かかわりのある事柄についてなのです」

「あら、お父ちゃんに？」

佐波に見かえされ、静観が肩をすくめた。

「昨日、御小人《おこびと》目付の岡本さんと会い、二人で古川の瀬土家上屋敷へいってまいりました。それから、わが知り合いの町方が三年前の両国橋修復の作事を瀬土家より任せられた大工や資材調達先の材木問屋をあたってくれ、わかった事柄が少々あります。それらのご報告と、さらに、弥陀ノ介のとり調べの様子についてもお知らせしたうえで……」

佐波は市兵衛のひと言ひと言に、童女のように頷いた。

「静観さんにかかわりがあると申しますのは、義姉上もご存じの、静観さんが薄墨の接客に雇《やと》い入れたおくみという女についてなのです」

「おくみさんについて？　おくみさんは父が雇ってから屋敷へ連れてきましたので、挨拶《あいさつ》をいたしました。大人しそうな、普通の人でした」

「おくみは普通の女ではありません。ある諸侯と裏でかかわりがあって、どうやら、その諸侯の指図を受け何かを探るため、静観さんに近づいたと思われます。おくみが普通の女ではないことを、今朝、静観さんと確かめてきました」

佐波が「えっ？」と短くひと声もらし、唖然《あぜん》とした。

「わたしも静観さんも、おくみが静観さんに近づいて探っていたのは御公儀御目付役の兄上の、この片岡家の内情としか考えられないのです。もしかすると、兄上のこのたびの嫌疑は、おくみに指図を出した諸侯とつながりがあるのかもしれない。兄上ならそれについて、思いあたる節がおありなのではないかと」

「まあ、それは大変。すぐに殿さまにお伝えせねば。市兵衛さん、お父ちゃん、ちょっと待っててね」

憂えていながら、佐波の京訛がどこかのどかである。

大きなお腹をゆらし座敷をゆったりと出ていくと、縁廊下をへだてた庭の木々に、春の終わりのやわらかな日が降っていることに気づいた。

庭は手入れがいき届き、土塀《どべい》の彼方《かなた》に午後の明るい空が広がっている。

弥陀ノ介、もうちょっとだ——と市兵衛は空を仰《あお》ぎながら言った。

そうして、半刻《はんとき》(約一時間)がすぎた。

書院の床の間を背に信正と佐波が居並び、市兵衛と静観は二人に対座している。

信正は、月代を剃り髭《ひげ》もあたっていた。どんな事態が生じ、いつお城に呼び出されるかわからない。上《うえ》さまのご下問に直答《じきとう》しなければならない場合もある。謹慎をしていても、目付役は常に備えておく必要があった。

だが、信正の相貌に険《けわ》しさはない。

穏《おだ》やかに、静かに、市兵衛の一連の報告へ耳を傾けていた。

信正は、市兵衛が十三歳までこの屋敷で共に暮らした父の片岡賢斎に似ていた。あのころの賢斎の歳に、信正はもうなっている。市兵衛の脳裡《のうり》に、父の賢斎と向き合っていた子供のころの息吹《いぶき》が甦《よみがえ》っていた。

「おやじどの、そうでしたか。それは仕方がありませんな。わたしがおやじどのの立場であれば、同じふる舞いに及んだでしょう」

信正は賢斎に似た穏やかな笑みを見せ、言った。

「えらいことをしてしまい、殿さまにご迷惑をおかけしてしまいました。まさか、そんな恐ろしいたくらみのある女やとは、思いもよらんかった」

静観は、自分のせいで信正を窮地《きゅうち》に追いこんだかもしれない、という負い目がつらそうに見えた。しかし佐波も、

「お父ちゃん、おかしいと、思わへんかったん」

と呆《あき》れつつ、肩を落としょげている父親を、可哀想《かわいそう》に思っているふうである。

「おやじどののせいでは、ありませんよ。お桐という女を捕らえ、おやじどのに近づいた狙いを問い質《ただ》すことはできますが、お桐ひとりをそこまでやる必要はない。情をからめてどれほど片岡家の内情を探り出そうと、高が知れておりますのでな。それよ

り市兵衛……」

と、信正は市兵衛へ向いた。

「伊勢の門部家が裏で糸を引いておやじどのにお桐を近づかせた理由に、思いあたる節がないわけではない。門部家の名を聞いて、一本、ある筋が通った。三年前の両国橋修復の作事の、何が、なぜ疑われたのかわからなかった。その背景が見えてきた。まさか大名の当主がそのような企《たくら》みを、という気もするのだがな」

信正は、遅い午後の日が降る庭へ眼差《まなざ》しを遊ばせた。

「昨日会った岡本さんは、兄上と弥陀ノ介にかけられた疑いは、御目付の左池さまが十人目付筆頭格の兄上の失脚、追い落としを目ろんだもので、両国橋修復の一件はでっち上げられた懸念がある、と言っておりました」

それもある――と、信正は庭へ目を遊ばせたまま答えた。

佐波と静観は、不安そうに信正を見守っている。

「左池帯刀が目付としてのわたしのふる舞いや考え方に、日ごろより異存、不満があって、目付部屋の中で反目していることは確かだ。しかし、目付衆同士で反目し、仲が悪いのは今に始まったことではない。一人ひとりが競《きそ》い合う相手なのだ。当然、反目だけではすまぬ。同役の粗相や不始末を見つければ、それを糾弾《きゅうだん》して追い落としを図る。だとしても、ある意味では、目付同士の反目は悪いとばかりは言えない」

　信正は市兵衛へ眼差しを戻した。

「目付衆は旗本御家人を監察するのみならず、事と次第によっては御老中ですら調べる場合がある。それほどの役柄だ。そのような強い役柄であればあるほど、役柄をほしいままにし、暴走し、横暴にならぬよう、おのれを慎まねばならぬ。おのれをおのれが律する。言うは易《やす》きだが、簡単にはいかぬ。目付同士が反目し、同役の不始末に目を光らせておれば、油断せぬように自《みずか》ら律するしかあるまい」

「御目付さまを監察するのは御目付さま、という意味で……」

「そうだ。そういう意味で目付が同役と競い、ささいな粗相をあばき、ときには蹴落《けお》としたりもするのは、やむを得ぬこと、とも言えるのだ」

「しかし、左池さまが弥陀ノ介をいきなり捕縛し責問までするのは筋が通りません。そんなやり方で侍を貶《おとし》めるふる舞いが、許されるのですか」

「断じて許されぬさ。同役の不始末をほじくり出して指摘糾弾する場合でも、偽りの罪をでっち上げ、罪のない者に罪をなすりつけたりはしない。それは、人を貶めるのではなく、目付自らを貶めることだからな」

「左池さまは、それをなさっておられます」

「左池がわたしを目付役から蹴落とすために、わざわざ両国橋修復の一件を持ち出し偽りの罪をでっち上げたなら、これはもう目付のふる舞いではない。悪辣《あくらつ》な陰謀だ。だが、陰謀だとすれば、これは左池ひとりでできる仕業《しわざ》ではない」

「背後で伊勢門部家が加担している、あるいは共謀しているのですね」

信正は間をおき、考える素ぶりを見せた。

「三年前の両国橋修復の作事を課せられた古川の瀬士家が、わたしや弥陀ノ介の何を訴えたのか知らされぬまま、わたしは謹慎を促《うなが》され、弥陀ノ介は捕らえられた。そのような陰謀のことなど思いもよらなかったから、調べが進めば自《おの》ずと疑いははれるだろうし、申し開きの機会がくるだろうと高をくくっていたのがうかつだった。市兵衛、これは思った以上に根の深い事態かもしれぬ」

「伊勢の門部家が、兄上とやっかいなかかわりがあるのですか」

「おそらく、門部家のご当主・邦朝さまは、わたしを邪魔な面白くない目付と、思っておられるのだろう」

「邪魔なとは?」

「ふむ。順を追って話さねばならぬな。邦朝さまの指図でおやじどのに近づいたお桐は、ただの駒《こま》にしかすぎぬ。それももしかしたら、使い捨てのな」

信正は考えながら言った。それから畏《かしこ》まっている静観へ、

「おやじどの、お桐は住まいを外神田の佐久間町の裏店《うらだな》と言ったのでしたな」

と、問うた。

静観は不意に問われ、「へ、へえ」と戸惑った。

「た、確か、佐久間町やったような……」

「お父ちゃん、大事なことやから、ちゃんと答えて」

戸惑っている静観に、佐波がもどかしげに言った。

佐波は片岡家の奥方から、父親を見守るしっかり者の娘の顔になった。

「外神田佐久間町の甚平店と言われました。しかしおくみという女、あるいはお桐という女が甚平店にかかわりのある形跡はいっさいありませんでした。おくみが本当のことを言っている気がしないと、静観さんが仰《おつしや》っていた通りでしたね」

市兵衛が静観の代わりに言った。

「お父ちゃん、雇う前にちゃんと調べへんかったの」

「うん、ついな。おくみが、熱心に言うもんやから」

「まあ、そんないい加減な」

「佐波、責めてはいかん。おやじどのが困っておられるではないか」

「そうなのですが……」

信正が笑いを堪《こら》えて、佐波をなだめた。それから腕を組んで人差指と親指を顎《あご》へあてがい、少しむずかしい顔つきになった。

「おやじどの、お桐は汐留の船宿・五十松屋や木挽町の鰻屋・伊丹屋の名を出したのですな。前にそこで働いていたと」

「そうです。間違いなくおくみはそう申しました」

静観が頷きながら、はっきりと答えた。

「五十松屋と伊丹屋は、お桐が門部家の使いの者と密談に使っていた店だったから、おやじどのに近づくため、思いつくままに五十松屋と伊丹屋の名を出した。だとすれば、佐久間町の名を出したのも、外神田の佐久間町に馴染《なじ》みの店があったためではないか。まったくのでたらめを言い通すことは存外にむずかしい。どこかに本当のことが雑《ま》じってしまう場合がよくある」

市兵衛――ふと、信正は呼びかけた。

「佐久間町には、材木問屋の秩父屋があるのだな」

「はい。三年前の両国橋修復の材木を、作事を請け負《お》った瀬士家が、佐久間町の秩父屋より仕入れております。ただし、秩父屋より資材を仕入れるにあたっては、奥祐筆組頭の越後織部さまが口利《くちき》きをなさったそうです」

　信正は黙って頷いた。

「と言いますのも、秩父屋は越後さまの裏霞ヶ関のお屋敷へ頻繁《ひんぱん》に出入りしている御用達で、越後さまには秩父屋より仕入れ金の何割かの口利き料が入っていると思われると、教えてくれた町方が言っておりました。両国橋修復を差配した米沢町の大工の松浪屋平八は、秩父屋はそれなりの材木問屋ですが、相場より割高だと言っていたそうです。越後さまへの口利き料が値段に上乗せされていると思われます」

「越後織部どのは奥祐筆組頭だ。御公儀の普請《ふしん》や作事は、実情は奥祐筆が宰領して、課役を命ぜられる諸侯を決めておる。その決定には奥祐筆組頭の思わくが大きく影響する。おそらく瀬土家は、越後どのに秩父屋より木材を調達するように口利きをされ、従わざるを得なかっただろう。越後どのに睨まれ、新たにどこぞの普請や作事の課役を押しつけられては、台所のやり繰りが大変だからな」

　お桐の佐久間町だが――と、信正はそこで話を転じた。

「露庵の客の中に、佐久間町の者がいたかもしれぬ。もしかしたら秩父屋は、露庵の客であり、お桐は佐久間町の秩父屋を知っていたかもしれぬな。秩父屋へ御用聞きにいき、佐久間町に馴染みがあった。だから、五十松屋や伊丹屋の名を出したように、佐久間町の甚平店と、知っている名前を出した。ならば市兵衛、宇田川町の露庵が遠く離れた外神田の佐久間町の秩父屋へ御用聞きにいくのは、誰の口利きのお陰だと思う」

市兵衛は信正の問いには答えず、反対に訊きかえした。

「兄上、古川の瀬士家の留守居役は、三年前の両国橋修復の一件の訴えについては、すべて、ある方に任せている、そのある方は瀬士家が何かと世話になっていて、その方に任せていれば間違いはなかろう、と言ったのです」

「先ほど聞いたな」

「兄上はそのある方が奥祐筆組頭の越後織部さまだと、考えておられるのですね」

「そうだ。たぶん、瀬士家が任せているある方とは、越後織部どのに間違いあるまい。じつはな、越後織部どのは門部邦朝さまとも、だいぶ以前よりかかわりの深い間柄なのだ」

信正は答え、さらに言った。

「偶然が重なったとき、偶然は偶然でなくなる。これは越後織部どのが偶然を装って仕かけたのだ。ようやくそれがわかった」

「仕かけた……」

佐波が不安の声をもらし、信正へ向いた。すると信正は、隣の佐波へいたわるような眼差しを投げかけ、

「佐波が心配することはない。これがわかって、かえってよかったのだ。市兵衛とおやじどのの、お陰だな」

と微笑んだ。静観は身を縮めた格好で、信正を見つめている。

信正は市兵衛へ向きなおり、再び問うた。

「市兵衛は願い譜代という大名を知っているか」

「三河以来の譜代恩顧の大名ではなく、外様《とざま》大名が願いによって譜代に準ぜられた大名、と聞いています」

「ふむ。それが願い譜代だ。門部家は六年前、願い譜代に準ぜられたお家柄だ。当代の邦朝さまは、譜代に準ぜられたことにより、外様大名からは補任《ふにん》されない官職を得て御老中にのぼる階段を進んでこられた。幕閣の最高位と言うべき御老中にのぼることが邦朝さまの宿願だった」

そう言って信正は、間をおいた。

「邦朝さまが御老中へのぼるために、裏から各方面へ働きかけてきたのが越後織部どのだ。邦朝さまに越後どのが肩入れしてきたのは、城内ではよく知られておる。以前

から門部家は、越後どのの助力を得るため莫大《ばくだい》な進物《しんもつ》をしているととり沙汰されていた。むろん、今でもそうだ」

「奥祐筆というだけで、それほどの力があるのですか」

「ある。御老中がくだす様々な決裁は、奥祐筆の意見が腹になっておる。中でも越後どのは、自らを恃《たの》む気持ちがきわめて強い。役目柄、勘定所、作事奉行、普請奉行、そのほか各奉行が評議した建白《けんぱく》に意見を加えるが、決裁がおのれの意見と少しでも違えば、われら目付、あるいは御老中へすら執拗《しつよう》に問い質してくる。殊のほか弁がたち、おのれ以外の者をひどく蔑《さげす》んで見える風情《ふぜい》が鼻につく男だ」

「兄上とは、どのようなかかわりなのですか」

「役目以外で言葉を交わしたことは、殆《ほとん》どない。向こうもわたしをさけておる。お互い、虫の好かぬ者同士なのだ」

信正が声を出して笑った。佐波もつられて、くすりと笑った。

「六年前、門部家は譜代に準ぜられながら、邦朝さまはいまだ御老中職にのぼってはおられませんね」

「去年の春、御老中に就《つ》かれる機会があった。しかし、邦朝さま御老中補職に異議が出た。そのため、見送られたのだ」

「どなたが、どのような異議を唱《とな》えられたのですか」

「わたしだ。上さまのご下問があり、わたしが直々《じきじき》に異議を申し上げた。その結果、見送りとなったのだ」

信正は腕組みをくずさず、平然として言った。

佐波が傍《かたわ》らで「まあ……」と、呟《つぶや》き声をもらした。

三

「あのとき、越後どのはよほど我慢がならなかったのであろう。目付部屋へのりこんでこられ、ひどく声高《こわだか》に問い質された。上さまに門部邦朝さまの讒言《ざんげん》をなされたな、なんの遺恨があってそのような誹謗《ひぼう》中傷をなされたかと、食ってかかられた」

庭にふる日が、いっそう西に傾いていた。

夕の七ッ（午後四時頃）に近い刻限で、庭のどこかから鳥のさえずりが聞こえ始めた。

「越後どのと役目以外で言葉を交わしたのは、あの折りが初めてだった。とても早口でまくしたてられた。相手に言葉を挟む機会を与えない、そんな話しぶりだった。越後どのの弁のたつ噂は聞いていたが、これがそうか、と身をもってわかった。口元がわずかにゆるんで笑っているように見えるのだが、目には怒りと蔑みが見えた。なるほど、みなが恐れるわけだ、と思ったよ」

「兄上は、越後さまにどう答えられたのですか」

「讒言などしておらぬ。門部邦朝さま御老中補職についてご下問があり、得失をありのままに申し上げただけだと答えた。越後どのは、冷笑を浮かべつつも顔を赤められてな。それが妙に気味が悪いのだ。かまきりのように見えた。ちょっと似ておったのだ、赤ら顔のかまきりに」

佐波がうつむいて笑いを堪えている。

市兵衛も兄上らしいとおかしくなったが、平静を装って続きを促した。

「どれほどの事情をご存じで得失を言われるのか、とさらに厳しく質された。周りに目付衆の目がある中だったため、わたしも向きになって強く言いかえした。本来ならば、そのようなことは教えられぬ、お知りになりたくば上さまに直《じか》にお訊きなされ、と拒絶することもできたのだが、つい言いかえした。つまり口論になった。わたしは門部家が伊勢の領国で発行した藩札の顚末《てんまつ》を申し上げた、と言うと……」

「門部家は、藩札を発行していたのですか」

「ふむ。邦朝さまがご当主になられてからだ。それでも、願い譜代に準ぜられる以前のことだ」

「門部家の藩札は、どのような顚末になったのですか」

「市兵衛は、諸国の大名が藩札を発行する狙いがわかるか」

「狙いは二つあります。貨幣数量不足の補てんがひとつ、今ひとつの狙いはお家の台所事情の救済です」

「二つの狙いの意味は？」

「貨幣数量の不足は領国内の商い、売り買い、物の流れに支障をきたし、国が栄えません。わが国土は、貨幣となるべき金銀銅とも採《と》れる量が少なく、今ではほぼ枯渇《こかつ》しております。商い、すなわち物の流れによって国を富ませるために、金銀銅の貨幣不足を補《おぎな》う藩札は、やり方によっては有効な手だてと思われます」

「では、お家の台所事情の救済の狙いはどうだ」

「台所事情の救済のための藩札は、両刃《もろは》の剣《つるぎ》です。藩札を裏づける金銀はなく、米のとれ高に見合う政《まつりごと》がなされていなければ、藩札は信用を失い、たちまち維持されなくなります。信用を失った結果、札潰《さつつぶ》しという引き換《か》え停止が行われ、領国の商いは混乱し、民は大きな損失をこうむり、お家は台所事情の救済のはずが、いっそうの窮迫に追いこまれかねません」

「市兵衛がお家の重役なら、台所救済のための藩札は出さぬか」

「やむを得ぬ場合はあると思われます。しかしながらその場合は、よほどの覚悟が必要です。そもそも、米によって貨幣の値打ちを裏づける国の営みでは、藩札の信用を維持するのはむずかしい。天災で米不足が両三年続いただけで、藩札は破綻《はたん》においこまれるでしょう。国の営みをつかさどる武家の思わくだけで藩札を出すことが、根本に無理があるのです」

「商人仲間、庄屋などの村役人との了解と協力を得る必要があるのだな」

「その通りです。しかしながら、了解と協力を得るためには、武家も商人仲間や庄屋などの村役人の制約を受けなければなりません。すなわちそれは、武家だけが政を決裁する領国ではなくなることを意味しています。事実上は藩札を出さなくとも、どのお家もそうなりつつありますが……」

「しかし門部家は、邦朝さまの思わくだけで藩札を強引に出したのだよ。まったく、愚《おろ》かな政によって民はいつも馬鹿を見させられる。準備金銀の支度もないのだから、当然のごとく、藩札は一年も持たなかった」

信正は一瞬、眉間《みけん》を曇らせて言った。

佐波と静観が、その通りでございますね、という素ぶりで頷いた。

「札潰しの引き換え停止となり、領国の民は多くの損失をこうむった。ところが門部家の台所事情は逆に潤《うるお》った。まるで、初めから札潰しによって生まれる出目《でめ》を目ろんでいたかのごとくにだ。商人を中心に異議の申したて、怨嗟《えんさ》の声が上がったが、門部家はそれを手荒な手だてによって抑えこんだ。死罪の者が出るほどの強圧な手段をとったようだ。お上にそれを言上《ごんじょう》したと、越後どのに言った」

「越後さまは、引きさがられたのですか」

「それで引きさがるなら、誰もあの男を恐れはせんよ。それが讒言、誹謗中傷でなくてなんでしょう、と赤いかまきりに似た顔で畳《たた》みかけられた」

すると佐波が、顔を伏せて肩を細かく震わせた。

静観がわざとらしい咳払《せきばら》いをしたが、信正は気にもかけずに続けた。

「後沢兵部という御庭番《おにわばん》がいる。虎之御門外の御用屋敷に官宅をくだされておる。その後沢が門部家の領国の調べにあたり、藩札の一件はあったものの、引き換え停止は領内に十分な周知の下《もと》に行われ、民は門部家の意向を了承し、領内は平穏に治まっている、との報告を御老中方が受けていた。越後どのは、その報告が偽りだと申されるのかと、相当な立腹の様子だった」

「後沢兵部という御庭番はご存じなのですか」

「名前だけだ。会ったことはない。わたしは後沢の報告を偽りと言ってはおらぬ、しかしながらわが配下の者が門部家の領国を調べたところ、藩札と札潰しの失政があったにもかかわらず、邦朝さまが譜代に準ぜられた経緯が不明であり、なおかつ、今なお領内が平穏に治まっていると言える状況にはない、などと例を挙げた」

「門部家の領国を調べたのが、弥陀ノ介なのですね」

「そういうことだ。弥陀ノ介と岡本伸三を伊勢へ向かわせた。小人目付は必ず二人で調べにあたる。一方が功、一方が罪の面からあたり、調べた結果をできる限り公正に判断するためだ。御庭番は、上さまより御駕籠台《おかごだい》下まで近づき直々の指図を受け、小人目付より身分も上になっておるが、必ず二人とは限らぬし、調べ方も違う。実情は小人目付の調べの方が落ち度が少ないと言える。むしろ優《すぐ》れておるし、正確だ」

信正はそう言って、佐波と静観へ眼差しを流した。信正の顔つきは、穏やかさをとり戻していた。

「だがそれからは、不明というのはわからぬということではないか、不明はそちらも同じだろう、と双方が言葉尻を捉《とら》えて言いかえしたり言いかえされたりの水掛け論を長々と、目付部屋でやったのだ。周りの目付衆らも呆れておったよ」

「邦朝さまは御老中にのぼられませんでした。弥陀ノ介らの調べを上さま並びに御老中方はとられた、ということなのですね」

「そうなる」

兄上――と、市兵衛は言った。

「その結果、門部家と越後織部さまの恨《うら》みが残りました。邦朝さまが御老中にのぼる望みをいまだ捨てていなければ、御目付役の兄上の存在は邪魔になります。邪魔な兄上を御目付役より失脚させ、のみならず、三年前の不正の嫌疑を捏造《ねつぞう》し、兄上を罪に落として遺恨をはらす狙いなのですね」

信正は腕組みをしたまま、ゆっくりと頷いた。

「ようやくわたしにもわかりました。それでほぼすべてが符合します。両国橋修復を務めた瀬土家、瀬土家が訴えたという兄上への嫌疑、兄上の失脚を目ろむ左池帯刀さま、老中職を望む門部家当主・邦朝さま、そして、静観さんに近づいたお桐。これをつないでいるのが奥祐筆組頭の越後織部さま。そうだ。これはすべて越後織部にしかできないことだ」

市兵衛は自らへ言い聞かせるように言った。

佐波と静観がまた心配そうに信正を見つめた。

「うかつだった。忘れていたのではないが、気にしていなかった。まさか、奥祐筆組頭を務めるほどの者が、どれほどの遺恨があったとしてもそこまでするのか」

「越後さまには門部家より、邦朝さまが御老中に就くための莫大な運動金が流れているのではありませんか。もしかすると、門部家の発行した藩札の札潰しで浮いた出目がその運動金に化けているのでは……」

市兵衛が言ったとき、玄関の方から人の声がした。

すぐに不穏な足音が廊下に起こり、襖《ふすま》の外の廊下で若党の小藤次が言った。

「失礼いたします。ただ今、御小人目付の竹山弥平太《たけやまやへいた》さまが旦那《だんな》さまへ急ぎご報告いたすことがあると申され、玄関にてお待ちでございます。いかがいたしますか」

佐波が襖へにじり、引き手に手をかけ襖をそっと開けた。

小藤次が廊下に控えていた。

「竹山弥平太が急ぎの報告があるのか。よかろう。いまだ謹慎の身だ。表だたぬようにしたい。こちらへ案内してくれ」

信正が言うと、

「承知いたしました。では、お庭先より廻るようにと申し伝えます」

と、小藤次が急いでさがってほどなく、庭に黒羽織の壮漢が小走りで現われた。

「御目付さま……」

と、竹山が縁廊下のそばに片膝《かたひざ》をつき、信正は縁廊下へ出て「ご苦労、いかがした」と上がり端《ばた》にかがんだ。

そこで竹山が声を落として信正に伝え、信正は小さく頷きながら聞いていた。

いつの間にか、土塀の彼方の空は赤く燃え始め、木々でさえずっていた鳥の声は消えていた。夕空のどこかから、烏の鳴き声が聞こえてくる。

報告を聞き終わった信正は、竹山に短く何か指示を与えた。

竹山が急ぎ足で庭から消え、信正は座敷へ戻ってきた。しかしそのとき信正は、市兵衛が驚くほど険しい顔つきになっていた。

「兄上、何があったのですか」

佐波にもそれがわかったらしく、「殿さま……」とためらいつつ言った。

「容易ならぬ事態になった。市兵衛、岡本伸三が斬られた」

「まあ、岡本さんが？」

佐波はそう言うと、あとの言葉が続かず唖然とした。

「岡本さんとは昨夜、深川の……」

と市兵衛は、昨夜、岡本と共に深川の《喜楽亭》へいった経緯を伝えた。

「岡本が斬られたのは昨夜遅くだ。そうすると、深川からの戻りなのだろう。市谷御門をすぎた田町のお濠端の道でだ」

「誰が、岡本さんを」

「今はまだまったくわからぬ。竹山らは町方から最初の知らせを受けたそうだ。小人目付衆らは、大きな騒ぎになっているらしい」

市兵衛の脳裡を、推量が激しく錯綜《さくそう》した。岡本の武骨だが誠実そうな顔や、古川の瀬土家で留守居役らへ懸命につめ寄った姿がよぎった。

そのとき、あの男だ、と市兵衛は思った。

大鳥伝右衛門は深編笠の下で隣の男に笑いかけていた。昼間、二人連れで宇田川町の往来を通っていたときだ。蕎麦屋の格子窓から見ていた市兵衛には気づかず通りすぎ、宇田川橋の袂の京銘菓処・露庵へ姿を消した。

最初に遇《あ》ったのは一昨日、雉子町の湯屋だ。大鳥が話しかけてきた。

同じ日の午後、佐久間町でも偶然に遇った。あの夜、麹町から御厩谷へ向かう火除《ひよ》け地の暗闇《くらやみ》の道で、深編笠の浪人者二人に襲われた。浪人者は市兵衛の懐《ふところ》を狙う素ぶりだったが、あれは違う。そう見せていただけだ。

そうして昨夜、岡本が深川から戻りの市谷のお濠端で何者かに斬られた。

しかし、市兵衛の沈黙は一瞬の間だった。

「兄上、偶然が重なったとき、偶然は偶然でなくなるのですね」

「そうだ、市兵衛。偶然が次々と重なっておるな。何か思いあたることが、まだほかにもあったか」

「後沢という御庭番は、どのように」

「後沢が調べた門部家領内の報告には、手ぬるいところが多々見つかった。意図して手を抜いたと思えなくもなかった。弥陀ノ介と岡本の調べとずいぶん開きがあった。むろんそれを上さまに言上はしなかったし、御老中方にも訴えはしなかった。あくまで、わが配下の調べはこうであったと、報告したまでだ。判断は上さまと御老中方がなされた。その結果、後沢の調べはしりぞけられた」

「それだけですか」

「それだけだと思うが、御庭番の内情はわかりづらい。ただ、門部家領内の調べが手抜かりと見られたためか、今はなんらお役目のご沙汰がないと聞いておる」

「邦朝さまか越後さま、あるいは両者より、後沢の門部家領内の調べに手心をくわえるよう手が廻され、相応の礼金が門部家より支払われていたとしたら、後沢もこのたびの企《くわだ》てに加担しているかもしれません」

「どういうことだ」

「大鳥伝右衛門という見知らぬ浪人者が、雉子町の湯屋で話しかけてきました。少し馴《な》れ馴れしいと思いながら、その折りは気にとめませんでした。弥陀ノ介が捕縛され、兄上が御参政より謹慎を申し入れられた一昨日の朝です。大鳥は……」

信正は、市兵衛が言い終えるまで、殆どまばたきもせず、静かに聞き入った。

夕焼けの空はますます赤みを増していた。やがて信正は、

「いかん。市兵衛、岡本はおまえと瀬土家へ同行したために斬られたのだ。おまえの命が狙われているのも間違いない。わたしの弟だからだ。なんと、狙いはわたしひとりの失脚ではないのか」

と、うめくように言った。

「大鳥伝右衛門が後沢兵部と、兄上も思われますか」

「思う。後沢はおまえを始末するために、大鳥と名乗って近づいた。おそらく、お桐がおやじどのからおまえの素性を聞き出したのだ。お桐の手引きに違いない。市兵衛はお桐を知らなかったのだな」

「はい。お桐が働いていたときは、薄墨には顔を出していません」

「しかしお桐はおまえを知っているのだ。おやじどのよりおまえのことを聞き出し、

きっといろんな手だてを使い、調べ上げた。それを後沢に伝えた。それも越後の指示と思われる」

静観はうつむき、顔も上げられない。佐波も溜息《ためいき》をついた。

「静観さん、義姉上、わたしのことはお気づかいなく。大丈夫です」

市兵衛は二人に言い、すぐに信正へ向いた。

「兄上、わたしのことより、弥陀ノ介の身があぶない。左池さまは、弥陀ノ介に兄上が不正を働いたという証言をさせる気です。弥陀ノ介は、責問に屈する男ではありません。左池さまはわかっていないのです。弥陀ノ介は、偽りの証言をするくらいなら自ら死を選びます。死など恐れぬ男だということが、わかっていないのです。このままでは弥陀ノ介が、左池さまに責め殺されてしまいます」

「佐波、出かける。支度を頼む」

「は、はい」

信正と佐波が立ち上がった。

「市兵衛、申し開きのときを待ってはおられぬ。お城へいき、御参政に会う。左池ごときに、弥陀ノ介をむざむざ殺させはせん」

「ではわたしもお供を。お城までの途中が気がかりです」

「いや、市兵衛はここにいてくれ。佐波の身が心配だ。ここまでやってくるとは、思いもしなかった。愚かで無謀だが、ここまでやったからには、向こうも引きかえせぬだろう。次にどんな手を打ってくるかわからん。供は家の者だけでよい。市兵衛は佐波のそばを離れるな」

と、信正は低く静かな、穏やかな声で言った。

四

山王門前《さんのうもんぜん》鳥居前の参道より北側の山王門前町へ入る小路が、町内を三つ四つ曲がりくねって三辺坂へ通っている。

小路の途中の路地奥に、小さな煮売屋があった。

煮売屋は天井と屋根裏の立てば頭のつかえるほどのあわいに、三畳ばかりの部屋を二つ造作《ぞうさく》し、亭主は以前そこに女郎を住まわせ、客をとらせていた。

今はもう女郎はいなくなって、ずいぶんと年老いた亭主が、昔ながらの定客《じょうきゃく》とまれにたち寄るわずかな参詣《さんけい》客相手に、細々と古びた煮売屋を営んでいた。

その夜更《よふ》け四ツ（午後十時頃）前、荷物置き場代わりに使われ埃《ほこり》をかぶっていた屋根裏部屋の切落口《きりおとしぐち》から、黒い扮装《ふんそう》に拵えた六つの影が、客もおらず早々と店仕まいをした階下へ梯子《はしご》をくだってきた。

亭主は店奥の四畳半で寝酒をしているところだったが、梯子を下りてくる物音を聞きつけ、仕きりの襖を一尺（約三十センチ）ばかり開いて店土間をのぞいた。

暗い店土間に襖の隙間《すきま》から行灯《あんどん》の薄明かりが射《さ》し、おぼろに照らされた六人の黒い影は物々しく両刀を帯び、怪《あや》しく不気味だった。

亭主は黒い影のひとりと目を合わせ、怖くて声が出せなかった。

「亭主、残りの代金を払う」

黒い影が言い、店土間の長床几《ながしょうぎ》に銭《ぜに》をおく音がした。暗がりの中で転がった銭が、亭主をぞっとさせるような響きをたてた。

半月前、その屋根裏部屋をひとりの男が借りた。

男は中背《ちゅうぜい》の背中を丸めた、眼差しの怖い、浪人風体の二本差しだった。

「しばらく借りる」

男はかすれ声で言い、前金を払った。それから、

「亭主。われらは御公儀の仕事に就いている。隠密のお役目だ。近所の者に訊かれたら、われらは定客だと言うておけ。それ以外いっさい他言無用。下手《へた》に話すとお上《かみ》か

らの厳しきお咎《とが》めがあるぞ。いいな」

と言い足し、怖い眼差しで亭主を睨んだのだった。

そののち、借りた男はまれにしか顔を見せず、別の、やはり浪人風体の男らが幾人か現われて寝泊まりし、ひっそりと密談を繰りかえしていたが、亭主は何も訊けぬまま半月がすぎていた。

そうしてその夜、男の黒い影のかすれ声が再び亭主に言った。

「亭主、前に言ったこと、忘れるな。界隈で何が起こっても、われらのことは他言無用だぞ。咎めを、受けたくはなかろう？」

亭主は「へえ……」と答えるのが精一杯だった。

一灯の提灯《ちょうちん》をひとりが持ち、六人は声もなく薄暗い店土間を出ていった。

表の板戸を閉じた隙間から亭主は恐る恐るのぞき、六つの影が暗い夜道を三辺坂の方へ消えていくのを確かめた。提灯の明かりが、深編笠を着けた六つの影を夜道にどす黒く映《うつ》し出していた。

六つの影は山王門前町の木戸を抜け、三辺坂から一旦、平川《ひらかわ》町の貝《かい》坂へいたった。平川町の辻を三丁目と湯島亀有《ゆしまかめあり》町代地の境《さかい》の小路へ折れ、紀伊《きい》家中屋敷の土塀が長々とつらなる諏訪坂に出た。

平川町の町家はすべて寝静まっていた。

諏訪坂の辻番の前を通らずとも片岡家の門前へゆけるため、廻り道をした。諏訪坂をくだれば赤坂御門である。

提灯を提《さ》げていた先頭が、諏訪坂に出ると火を消し、一団の後方へさがった。坂道は闇に包まれ、六人のしなやかな草鞋《わらじ》の音ばかりが夜の静寂を騒がせた。

坂道のはるか先に、辻番の前にたてた辻行灯《つじあんどん》の明かりが米粒のように見えた。

と、そこへ闇の中から新たに二人が現われ、総勢が八人になった。

ひとりは菅笠《すげがさ》を着けた物乞《ものご》い姿、今ひとりはこれも菅笠に杖《つえ》を携《たずさ》えた座頭風体で、しかしこの座頭は盲目ではなく、二人は片岡家の見張り役だった。

「片岡は登城して、まだ戻ってはいないか」

先頭の頭だった男が、深編笠の下から物乞い姿へ声をひそめて言った。

「はい。いまだ戻っておりません」

「屋敷にはどれくらい残っている」

「片岡家の者は若党ひとりと、下働きの下男下女《げなんげじょ》ばかりです」

「すると、あとは身重の佐波と、静観、それと唐木市兵衛だな」

「そうです。静観も唐木市兵衛も、昼間、屋敷に入ってから出ておらず、夕刻、片岡が家士を従え登城したままです」

「よかろう。今宵《こよい》の狙いは佐波だ。みな、いいな」

「唐木市兵衛が邪魔です。先に始末すべきでしたかな」

と、頭と並ぶひとりが言った。

「唐木の始末は最後の楽しみに残しておくつもりだった。だが、ついでだ。佐波と一緒に今宵斬り捨てる。一緒にいるなら静観もだ。お桐が言うには、返弥陀ノ介も今夜中には始末されるだろう。片岡に生き地獄を味わわせてやる」

八人は紀伊家中屋敷の土塀が片側に続く夜道をたどり、屋根の上にのびた木々の影が星空を隠す表門の前まできた。

頭は表門を見上げ、すぐに周りの男らと目配せを交《か》わした。

男らは夜目が利くのか、即座に座頭風体が土塀へつっかい棒のように両手を突きたてた。物乞い姿がそれを人梯子にして、身も軽く土塀の屋根にのぼり、たちまち屋敷内に没した。

かすかに木々が騒いだばかりで、屋敷は静けさに包まれている。

暗がりの中、表門の中から閂《かんぬき》のはずされる鈍《にぶ》い音が聞こえ、続いて門わきの小門が静かに開けられた。

素早く深編笠の六人がくぐっていき、最後のひとりが座頭風体へ頷きかけると、小門をくぐって消えた。座頭風体は門前の見張り役に残り、異変があれば座頭を装って呼び笛を吹き鳴らす手はずになっていた。

六人の深編笠と物乞い姿は、表門より玄関まで敷きつめた敷石を進んでゆく。

表玄関は戸が閉じられて静まり、敷石の両側に灌木《かんぼく》の生垣《いけがき》や高く繁る樹木が、黒い影をつらねていた。

邸内の様子は、お桐の報告によりおおよその見当はついた。

お桐の報告によれば、こうである。

表玄関式台から拭板《ぬぐいいた》に上がり、閉じた板戸の先が玄関の間の広間。次の間をへて中之口である内玄関のある畳敷の廊下。

廊下を内玄関と反対方向へ折れ、すぐにもう一度曲がって、そこからはまっすぐ奥へ通じている。

廊下の右手に料理の間でもある茶の間、広い板敷の台所、台所の土間、住みこみの下男下女と女中部屋が続き、廊下左手は中庭に面した客座敷と書院への溜《たまり》の間や次の間が並んで、廊下のさらに先が奥座敷と信正と佐波の休む寝所があるらしい。

但し、奥の間どりまでは定かにわかっていなかった。

この程度の屋敷であれば、部屋数は多くはあるまい。夜陰にまぎれて侵入し、寝所を見つけ出すのはむずかしくない。

流れに任せて素早く始末する。さしてときはかからぬ、と頭は確信した。

片岡家の抱える家士は表門わきの長屋住まいであるが、信正の登城の供をした家士は今夜はおらず、ひとり残った若党は長屋ですでに床についていると思われる。

表玄関前へ進んだ七人は、三手に分かれた。

一手は玄関の間を閉じた板戸をはずして入り、廊下をひたすら進んで佐波の休む寝所を襲う四人。一手は勝手口から侵入し、奉公人らが騒げば斬り捨ててでも抑える二人。そして長屋の若党を襲い、素早く始末して後詰めに廻る物乞い姿の者がひとりである。

春三月の晦日《みそか》が近いその夜、月はなく、星がまたたいていた。

周囲をゆるやかに見廻す頭の目が光った。

頭は、片岡に生き地獄を味わわせてやる、という偏執の中で、片岡の苦悶にのたうち廻る姿を思い描き、激しい昂《たか》ぶりに捉《とら》えられた。

とうとうこのときがきた、と思った。やがて頭は、

「いけ」

と、かすれ声を忍ばせた。

市兵衛は、表玄関に一番近い書院で休んでいた。屋敷に近づくその気配に気づいたとき、すみやかに布団《ふとん》から出て、手早く袴を着けた。上は濃紺の帷子《かたびら》一枚である。

まだ間に合う、とその気配を読んでいた。

脇差《わきざし》を帯び大刀を携え廊下に出ると、初めにまっすぐ奥の佐波の寝所へいった。暗い廊下に片膝をつき、有明《ありあけ》行灯の薄明かりが射す腰障子《こししょうじ》へひそかに声をかけた。

「義姉上、市兵衛です。起きてください」

短い間をおいて、佐波の落ちついた声が「はい」と答えた。

「人が数名、近づいています。尋常な気配ではありません。すぐに、茶の間の静観さんのそばへいってください」

お腹の大きな佐波が、白い肌着に小袖《こそで》を一枚まとっただけの扮装に有明行灯を提げて出てきた。

薄明かりの中のおぼろな白い顔の中に、目はしっかりと見開いていた。

「市兵衛さん、誰でしょう。殿さまが戻られたのでは、ありませんか」

「兄上ではありません。ただ誰か、まだわかりませんが、用心をいたしましょう」

はい――と、佐波の白い顔が頷いた。

佐波と共に、廊下を静観が床についている茶の間の方へ戻った。市兵衛が呼ぶと、静観はすぐに起き出し、

「な、何ごとどすか」

と、市兵衛と佐波を見つめ、不安を露《あら》わにした。

「念のための用心です。わたしは長屋の小藤次さんを起こしてきます。静観さんはみなを起こして、義姉上と一緒に台所にいてください。もし不審な者が侵入してくる気配があったら、大声で呼んでください」

「わかりました。ここは任せてください。奥方さまは、さ、佐波はわたしが守ります」

静観は不安を抑えかねながらも懸命に言い、形相を険しくした。

市兵衛は佐波へ会釈《えしゃく》を投げ、踵《きびす》をかえした。佐波が茶の間へ入り、襖が閉じられると、廊下は元の暗闇に包まれた。

表玄関の広間へ、暗い廊下をとった。

玄関の間の広間に立ったとき、玄関前に不穏な気配がひりつくように感じられ、長

屋の小藤次を起こしにいく間がすでにないことを悟った。

小藤次が気配を察するか物音に気づき、起き出してくるのを待つしかない。

市兵衛は玄関の腰障子を見つめたまま、大刀を腰に差し、下《さ》げ緒《お》で襷《たすき》をかけた。そうして袴の股《もも》だちを高くとった。

その間に、腰障子の外側にたてた板戸が小さな物音をたてて震え、静かに、そしてそっとはずされていった。手慣れた様子だった。

玄関前の人の気配は、二つ、三つ、もっと多く感じられた。

市兵衛は天井、鴨居《かもい》を闇の中で見廻し、子供のころから知っている玄関の間の様子を思い描いた。それから一旦端座し、次に片膝だちに身を起こした。

市兵衛の裸足《はだし》に触れる青畳が、冷たく心地《ここち》よい。

かち、と鯉口《こいぐち》をきった途端、二枚の板戸がはずれ、次に両開きの腰障子がゆるやかにすべり始めた。

市兵衛は障子に合わせてすべらせるように刀を抜いた。

外は夜更けの闇だが、星空のせいか刀身が鈍い艶《つや》めきを放ち、足下の青畳が暗がりの底から浮き上がったかに見えた。

両開きに開いていく向こうに、深編笠の四つの人影が認められた。

初めに二人が拭板から上がりかけたとき、玄関の間にうずくまる人影に虚を突かれたかのようだった。

二人の息づまった一瞬の声が、静寂を震わせた。

「土足はいけませんな。名乗られよ」

市兵衛が先に言った。刀は正眼《せいがん》のかまえより下段へ落としている。いきなりひと突きに倒すことはできるが、市兵衛はそうはしない。

二人のうめき声が闇を走り、身をかがめ抜刀する。

「しゃあ……」

と、荒々しい吐息が聞こえた。

途端、市兵衛は下段より先手をとった。

切先《きっさき》が上がり端にかけたひとりの脛《すね》を、鋭く斬り上げた。

すかさず、もうひとりが抜き放ち様《ざま》に上段へとるより早く、片膝だちの袈裟懸《けさがけ》を浴びせかける。

一瞬の二太刀《だち》の間に、市兵衛は声もなかった。

脛を斬り上げられたひとりがけたたましく叫んで式台へ転げ落ちていき、もうひとりが深編笠を真っ二つに裂かれ、額から顔面を割られて、大の字になって敷石へ吹き飛んでいった。

落ちた刀が、敷石を笑い声のように鳴りながら転がった。

即座に式台へ飛び下りた市兵衛は、さらに残りの二人へ向かって敷石を突進した。

二人はすでに抜刀していたが、市兵衛の激しい突進に圧倒され、表門の方へ大きく後退した。

「くそう……」

どちらかが言い、もうひとりが、

「唐木市兵衛か。共に始末する」

と、かすれた声で言ったとき、二人は咄嗟《とっさ》に左右へ身を翻した。

敷石わきの灌木を鳴らして二人は踏《ふ》み止《とど》まり、左右から攻めかかる体勢をとった。

だが、突進する市兵衛の勢いがその目ろみを許さなかった。

上段より一撃を浴びせると、一方の男はそれを受け止めるのが精一杯だった。激しいぶ
刃を激しく嚙《か》み合わせたまま、市兵衛は突進をゆるめず肩から衝突した。

つかり合いに男は堪《た》えられず、

「わっ」

と、叫んで灌木の奥へ吹き飛んでゆく。

その隙を狙って打ちかかる横からの袈裟懸を、反転しながら空《くう》を斬らせ、膝を畳んで飛び上がり様、刀をかえして斬り上げた。

だが、男の転身は俊敏だった。

市兵衛の斬り上げを瞬時の差でわきへ流し、逆に大きく跳んで剣を夜空へ舞わせ二の太刀を浴びせる。

がん。

左へ払った市兵衛の一刀と男の一撃が、火花を散らして打ち合い、鳴った。

二人の身体が左右に交錯した刹那《せつな》、翻って刀をかえした双方の一撃は、鏡に映《うつ》したかのごとくに寸分の差もなく互角に見えた。

二つの鋼《はがね》が叫び、牙《きば》を剝《む》き、激烈に嚙み合った。

両者の怒りと狂乱が、火炎を噴き上げた。

燃え盛る炎の中で、男が一歩退いて八相《はっそう》にとったのを認めた。

「大鳥伝右衛門、後沢兵部だな。越後織部に加担し、自らを滅ぼすか」

市兵衛は逆八相にかまえ、高らかに言った。

「市兵衛、邪魔だ」

猶予《ゆうよ》なく突き進むと、後沢との間は一気に消えた。

途端、後沢の体軀が再び飛翔し、突進する市兵衛の頭上に一撃が襲いかかった。

「下郎っ」

後沢が叫んだ。

それは後沢の刃が、市兵衛のこめかみに冷たい息を吹きかけたかだった。

紙一重の差が生と死をわける。

市兵衛は身を空にあずけ、冷たい息吹にそよぎつつ空へ刃を一閃《いっせん》させた。

切先がうなり、深編笠を裂いた。

深編笠が夜空へ巻き上げられ、くるくると舞った。

後沢は中背の痩軀《そうく》を仰《の》け反《ぞ》らせながら顔を歪め、表門の方へ、たた、と敷石を鳴らした。

そのとき、市兵衛の背後に殺気が急速に迫った。

灌木の奥に吹き飛ばされた男が即座にたて直し、市兵衛の背後より打ち落とした。

「おりゃあ」

と叫んだ。

だが、追い打ちは荒々しかったが、市兵衛の速い動きに追いつけなかった。

市兵衛は斜へ身を逃がし、追い打ちから身を躱《かわ》した。

男の身体が前のめりに流れた。

翻り様それへ、八相よりの袈裟懸を見舞った。

男の肩が鳴り、首筋より血飛沫《ちしぶき》が噴いた。悲鳴と共に身を弓なりに反らせた。

「勘八郎《かんぱちろう》っ」

後沢が叫び、市兵衛は即座に身がまえた。

さらにするすると進み、後沢は大きく退いた。表門に背中から突きあたり、市兵衛を睨む眼差しに、一瞬、ためらいが走った。

市兵衛を斬り、佐波の命を奪い、片岡に生き地獄を味わわせる。

その目ろみが破綻したことは、すでに明らかだった。

昂ぶりが波のように引いて蒼白になった後沢は、表門わきへ走って小門をくぐり抜けた。

刹那、踵をかえし、表門わきへ走って小門をくぐり抜けた。

しかし、市兵衛に後沢を追う間はなかった。

台所の方から悲鳴が聞こえたのは、そのときだった。

市兵衛はためらいもなく身を翻した。

若党の小藤次は、激しい物音に跳ね起き、枕元の大刀をつかんで長屋を飛び出した。

玄関に干戈《かんか》の音がしてふり向いた途端、傍らから一撃が襲いかかった。

咄嗟に庭へ転がり、刃をさけた。

だがそこへ、菅笠の男の二の太刀が浴びせかけられた。

小藤次は仰向《あおむ》けになり、柄《つか》と鞘《さや》を握って一撃を受け止めた。

男の目だけが光って見えた。背後に星空が広がっている。

男は不気味にうなり、小藤次の腹を踏みつけ、刃を押しつけたまま小藤次の鞘をつかんだ。そして一旦刀を引き、三太刀めを突き入れようと図った。

押しつける刀の圧力が消えた瞬間、小藤次は何も考えずに鞘を捨て、腹を踏みつける男の足を払いながら片手で抜刀し、下から男の腕を横へ薙《な》いだ。

男が身体をよじり、突きがはずれると、小藤次は素早く身体を回転させて逃れ、そこでようやく片膝だった。

菅笠の男は、腕を押さえ小藤次を睨んだが、腕の疵を押さえてすぐには襲いかかってこなかった。

束《つか》の間《ま》、二人は睨み合った。

小藤次は立ち上がり、正眼にとって叫んだ。

「何者っ」

そこへ、表門の方より「勘八郎っ」と叫び声が響き渡った。ふり向くと、深編笠の侍が市兵衛に斬られて仰向けに倒れていき、今ひとり、男が小門よりくぐり去っていった。

そのとき、台所より女の悲鳴が上がった。

すると、市兵衛が門前から勝手口の方へ風のように疾走するのが見えた。

その一瞬のすきに、菅笠の男は小藤次を残し、身を翻して表門へ走った。

静観が住みこみ奉公の下男下女夫婦と、佐波づきに新しく雇い入れられたばかりの若い女中を起こし、台所の板敷に集まったとき、表玄関の方で激しい物音と、叫び声が起こった。

静観は、ふと思いたって、台所の板場に並べ挿《さ》してある包丁をつかんだ。

大小の、出刃《でば》と薄刃《うすば》が二本に、刺身《さしみ》包丁の三本を手にした。

「お父ちゃん……」

佐波が静観の後ろで言った。

「奥方さま、心配いりません。わたしが守ってみせます」

静観は佐波へふりかえり、言った。

そのとき、勝手口の板戸と腰高障子が凄《すさ》まじい音をたてて蹴り破られた。

みなが息を呑んだ。

有明行灯が、勝手口から大股で土間へ踏みこんできた二人の影を映した。

二人は深編笠をかぶり、漆黒の衣装をまとって、手にはすでに抜き放った刀を提げていた。

「大人しくしろ。奥方に用がある。大人しくしていればおまえらの命はとらぬ」

二人が土間から板敷へ駆け上がった。

静観がみなを庇《かば》って、台所の隅《すみ》へずるずると退がってゆく。

若い女中の悲鳴が上がり、「奥方さまっ」と佐波にしがみついた。

賊のひとりが身重の佐波に気づき、「うん」と刀を佐波へ突きつけた。

「おまえが、奥方さまか」

深編笠に隠れて顔は見えなかったが、二人は三本の包丁を携え奉公人らを庇って身をかがめた老いた静観など、相手にもせぬふうだった。

「覚悟しろ。信正の妻になったことが不運だったな」

と言った。

「何をぬかす。喰《く》らえっ」

静観の投げた出刃は正確だった。こんな老いぼれごとき、と高をくっていた賊のひとりは、半歩も進まず立ち止まっていた。

その胸には出刃包丁が、深々と突きたっていた。

「ああ？」

と、呆気《あっけ》にとられて胸の包丁を見下ろし、それから佐波へ突きつけた刀を板敷へ落とした。男は膝を折り、うめき声を長く引きずって土間へ転落した。

残りの男は唖然としてそれを見つめた。

静観は次に薄刃をつかみ、膝を折って男へ身がまえた。

「おのれ」

男は佐波にではなく、静観へ向いて叫んだ。

「これだ」

静観の薄刃が飛び、一歩を引いた男の刀がそれを、からん、と払った。

「ええい」

静観が続いて刺身包丁を投げると、顔をそむけた男の深編笠へからまり床に落ちた。

深編笠の下の顎に、血がひと筋伝った。

「おいぼれ……」

男がうめいて、すぐに一歩二歩と踏み出した。

静観は佐波を庇って後退《あとずさ》った。

男は静観へ踏み出し、上段へとった。

しかしその一瞬、土間の下から市兵衛の白刃《はくじん》が男の背中を深々と貫《つらぬ》いた。

そこに、屋敷の外で座頭の呼び笛が響き渡った。

五

空が白《しら》み始めていたが、土蔵の中に明るみは射さなかった。

三人の徒目付らは、二灯の蠟燭台《ろうそくだい》に燃える蠟燭を替えた本数が、もうわからなくなっていた。

三日前の朝、返弥陀ノ介を城内の小人目付部屋で捕縛してから、徒目付組頭の南部六郎が、初めは夜までに、どんなにかかってもひと晩、と踏んでいたのが、ほぼ丸三日がたって四日目の朝が明けようとしているのに、弥陀ノ介は落ちなかった。

徒目付らは交代しつつ責問を続けて、弥陀ノ介が落ちないわけがわからなかった。まさに死にいたろうとするこれほどの責問を、なんの意味があって耐えるのか、意味が解せなかった。

三人は自分らが逆に責められているかのように疲労困憊《こんぱい》し、うんざりし、反面、ここまでやってしまってとりかえしがつくのか、という怯《おび》えを感じてもいた。

弥陀ノ介はとっくにうめき声すら上げられず、焦《こ》げた餅《もち》みたいになって、土蔵の石畳に横たわっていた。

あの恐ろしい骨ばった顔は、腫《は》れ上がり、歪み、元の形を留《とど》めていなかったし、身体中の皮膚が破れしたたった血が黒く固まり、さらにそこへ新たな血が噴きこぼれ、紫色のみみず腫れが縞《しま》模様に走り、それでまだ生きているのが不思議だった。

いっそもう死んでくれ、勘弁してくれ、と思い始めていた。

三人は、壁ぎわの長腰掛にかけた尾黒権太左衛門を見かえった。

南部組のあらくれ権太左衛門と呼ばれている尾黒は、やくざのように着流しを尻《しり》端《ぱし》折《よ》りにし、諸肌《もろはだ》脱ぎになって腕組みをし、壁に凭《もた》れていた。

鉢巻きをした頭を垂らし、茶色い肌が汗ばみ、荒い呼吸に肩がゆれていた。

「尾黒、どうする。返はもうすぐ死ぬぞ。続けるのか。それともやめるのか」

ひとりが壁ぎわの尾黒に言った。

「これ以上、何をやっても無駄ではないか。この男は死ぬ気だ。まるで、われらがどう責め殺すかを見ておるようだ」

またひとりが尾黒に言った。

尾黒はうめくような吐息をひとつついて、やおら顔を上げた。

「おぬしら、この化け物を楽にしてやったらどうだ」

と、漫然とした眼差しを三人へ投げた。

「楽に？　解き放つのか」

「馬鹿か。返を解き放って生きのびさせたら、ここまでやったわれらは無事ではすまんではないか」

「な、何を言う。われらは組頭の南部さま、御目付の左池さまの命令でやっただけだ。間違ったことなどしておらん」

「本気でそう思うているのか。それが通用すると、思うておるのか。返に偽りを白状させようとしていたとは知らなかったと、言い抜けられると、おぬしらは本気で思うておるのか。甘いのう」

尾黒にせせら笑われ、三人はすぐには言いかえせなかった。

「偽りとは、わ、わかっていたが、上の命令だから、仕方なかったから、なあ……」

うろたえつつ、ひとりがようやく言い、もうひとりが、

「ならば、どうするのだ」

と、尾黒を睨んだ。

「血のめぐりの悪い。まだわからんのか。口上書の爪印《つめいん》はとってある。あとは返が白状する気になるかならぬか、それだけだったが、白状する気がないなら、生きておっては困るではないか。だから、息の根を止めてやるのだ。本人も楽になる」

「何を言うておる。返の息の根を止めて、御参政にどう言いつくろう」

「簡単だ。処罰を恐れ、われらの隙を見て逃げ出した。追ったが行方《ゆくえ》知れずになったとだ。返は簀巻《すま》きにして海に沈める。簀も用意してある」

「そ、そんな見え透《す》いた理由が、通用するのか」

「左池さまが決められたことだ。通用せぬと思うなら、おぬしが左池さまを諫《いさ》めたらどうだ」

尾黒は嘲笑《ちょうしょう》を浮かべたままである。

天水桶のそばに、巻いた葭簀《よしず》がたててあった。

三人は顔を見合わせた。

「だ、誰がやるのだ」

「ふふ……おぬしだよ」

「ふざけるな。お、おぬしがやれ」

「簀巻きにして海へ運び、捨てるときに止《とど》めを刺してやればいいのだ。やるぞ」

尾黒が腰掛から立った。すると、

「お、外が騒がしいな」

と、ひとりが土蔵の外の気配をうかがうように見廻した。

人の駆けるざわめきがかすかに聞こえた。かなりの人数に思われた。

「なんだ？」

三人はまた、顔を見合わせた。

そのとき、土蔵の戸が鳴り、ゆっくりと開いた。白み始めた外の明るみが、夜明けの涼しい息吹と共に流れこんできた。

「失礼いたす」

のどかに言いながら長身の侍がひとり、夜明けの息吹に乗って、戸口からふらりと入ってきた。

「誰だ、おまえ」

尾黒が睨んだ。

「みなさん、ご苦労さまです。お役目はこれまででございます」

侍は綺麗な総髪に一文字髷《いちもんじまげ》を乗せ、すっと佇《たたず》んだ痩身が、夜明けの息吹のように涼やかだった。

「慮外者、どうやって入った」

尾黒が長腰掛にたてかけた大刀をつかみ、侍に近づいた。

「そこの塀を乗りこえて、入ってまいりました。門からは入れそうにありませんでしたので」

「怪しきやつ、捕らえろ」

尾黒が刀の柄に手をかけ、三人に怒鳴った。三人も慌てて刀をとったが、明らかに戸惑っているふうだった。

「待たれよ」

侍が尾黒と三人を、手をかざして制した。

「わたしは御目付・片岡信正さまの手の者にて、唐木市兵衛と申す。片岡さまの命《めい》によって、御小人目付・返弥陀ノ介を受けとりにまいった。聞こえるであろう、外の物音が。片岡さまは手勢を率《ひき》いて当屋敷表門へまいられている」

「か、片岡信正さま……」

三人は声を失った。

確かに、外の騒がしさはだんだん近づいていた。

片岡信正さまが動き出したということは、情勢が変わってきているのではないかと疑われた。まずいぞ、これは、と思わないではいられなかった。

それとこの唐木市兵衛という男は、何者だ。

噂がある。

片岡信正には歳の離れた弟がいて、なぜか片岡家を離れ、浪人の身となっている。

その弟が異様に剣の強い、恐ろしい男だと。

ただの噂で、嘘かまことかは知らないが。

もしかしてこの男がそうではないか、と震え上がった。しかし、

「たわけがっ」

と、尾黒が叫び、刀を抜きかけた。

ところが、市兵衛のかざした手が尾黒の柄にかかった腕に瞬時にからみつき、軽くふっただけで尾黒の手が柄から離れていた。

尾黒は、「くそ……」と顔を歪め、慌てて鞘をつかんだ片方の腕をふるった。

だが、市兵衛が尾黒の腕をきめたまま、身体を素早く折り曲げた。尾黒の腕がねじれ、悲鳴が上がった。

仰のけに反りかえった途端に足をすべらせ、背中から石畳へ叩きつけられた。諸肌脱ぎの背中を石畳へ打ちつけた苦痛に、尾黒は身を反らせてうめき、しかもねじれた腕が痺《しび》れるのか、小刻みに震わせた。

三人は、尾黒と市兵衛を見比べ、手も出せなかった。

すると、それまで岩塊みたいに動かなかった弥陀ノ介が、無残に潰れて変形した顔をもたげた。

ううう……

と、息を吹きかえして獣《けもの》のようなうめき声を上げた。

「弥陀ノ介、気がついたか」

市兵衛は弥陀ノ介の傍らにかがみ、大声で呼びかけた。

弥陀ノ介は潰れた目で市兵衛を横睨みし、にや、と顔つきをゆるめたかだった。

「い、市兵衛、はや、早かった、な……」

かろうじて聞きとれる嗄《しやが》れ声で言った。

「すまん。ここまで、よく耐えた」

「これしき、少々、こたえたが、かか、蚊《か》に、刺されたようなもの……」

「兄上もきているぞ。わたしが担《かつ》いでやる」

「お頭が……だ、だめだ。いち、いち……は、裸では、会えん。きき、着物を着せて、くれ……」

「そうか。よし、今、着せてやる」

尾黒はまだ横たわり、うめいていた。

と、身体に比べて大猿のように長い弥陀ノ介の腕が、横たわった尾黒へのびた。

弥陀ノ介の節くれだった五指が、尾黒の喉を鷲《わし》づかんだ。

尾黒が喉が潰れたみたいな息を吐いた。

息をつまらせ苦しがり、弥陀ノ介の腕を引き離そうと抗《あらが》うが、食いこんだ指は離れなかった。

「いち……お、起こしてくれ」

弥陀ノ介が言った。

「わ、わかった。起こすぞ」

市兵衛がゆっくり起こしたが、その間も弥陀ノ介は尾黒の喉を放さなかった。

弥陀ノ介は五尺少々の体軀をようやく起こすと、尾黒の喉を鷲づかんだ片手一本を、土蔵の屋根裏へ突き上げた。

尾黒は弥陀ノ介の片手一本に吊るし上げられ、足が石畳から浮き上がった。浮き上がった足をじたばたさせ、白目をむいた。

「尾黒、世話になった……」

嗄れ声で言い、ゆら、ゆら、とよろめきながら天水桶のそばへ進んだ。

尾黒は白目をむきながらも、ぐぐ、と声を絞り出した。

三人の徒目付は、弥陀ノ介の怪力に震え上がった。

し、死にかけではなかったのか……

「礼を、する」

弥陀ノ介がうなり、腕をひとふりした。

吊るし上げられた身体が、頭から天水桶へ投げこまれた。

水飛沫《みずしぶき》が飛び散り、突っこんだ頭が桶の底を音をたてて打ち割った。

そのはずみで箍《たが》がはずれ、桶はばらばらにくだけた。こぼれ出た水が石畳に広がっていき、三人が土蔵の外へ一目散に逃げ出した。

水浸《みずびた》しの中にひっくりかえった尾黒は、白目をむいたまま気を失っていた。

やぶ小路の左池家の門前で片岡信正は馬上にあり、徒目付が表門を叩くのを見守っていた。

信正の周りには、徒目付組頭とその組下の徒目付、それに小人目付衆の総勢三十名以上が従っていた。

「御目付・片岡信正さまのお指図がある。早急に門を開け」

徒目付が白んでゆく夜明けの空の下で声を響かせ、門扉《もんぴ》を激しく叩き続けていた。

ほどなく門が両開きに開かれ、門内の敷石のところに、徒目付組頭の南部六郎と組下の徒目付衆が、中心に左池帯刀を囲んでそろっていた。

こちらは十人ほどである。

信正は馬を下り門内へ入ると、信正の後ろに、徒目付衆、小人目付衆らが門一杯にあふれるように従った。

総勢が物々しく集まり、不穏な気配が門内と門前を包んだ。

「片岡どの、早朝より多勢を引き連れ、何事だ」

左池が信正を睨みつけた。

「若年寄《わかどしより》・水野さまよりのご命令で、当屋敷に捕縛されておる小人目付・返弥陀ノ介を引きとりにまいった。急ぎ解き放ち、ここへ連れてまいれ。これはわれらの支配役、である御参政の命令ぞ。左池、ぐずぐずするな」

　信正が左池を睨みかえし、凛々《りんりん》と言った。

「何を言う。返弥陀ノ介は御参政のお指図で捕縛したもの。まだ嫌疑ははれておらぬし、とり調べのさ中である。解き放つわけにはいかぬ。第一、とり調べ次第では片岡どのとて自らにかかった嫌疑の申し開きが必要になるのだぞ。それゆえ、片岡どのは謹慎の身ではないのか」

「そうだ。片岡さまにも重大な疑いがかかっておりますぞ」

　と、左池の傍らの南部が甲走った声で喚いた。

　すると、片岡の背後に控えている違う組の徒目付組頭が厳しい口調で言いかえした。

「南部、御目付さまに無礼なことを言うな」

「無礼はそちらだろう」

　そこで、睨み合った両者がざわざわとつめ寄る気配になった。

「左池、南部、情勢は変わったのだ。おぬしらがかけた疑いが偽りであることはすでに明らかになっておる。おぬしらのふる舞い、たとえ偽りを知らなかったとしても、相応の責めは負わねばならぬ。覚悟はよいか。これが返弥陀ノ介解き放ちを命じた御参政・水野さまのお申しつけ書だ」

信正が懐《ふところ》から折封を出して、左池らへかざした。

折封には《条》の字が記されている。

左池と南部は、身を硬くし、言葉を失った。二人に従う徒目付衆らにも、明らかな動揺が走っていた。

「あ、返さんだ」

そのとき、信正の背後の小人目付が叫んだ。みなが一斉《いっせい》に気づいて見ると、邸内の中庭の方から、市兵衛の肩につかまり、歩くのもままならず引きずられるように表門の方へくる弥陀ノ介が見えた。

小人目付衆が市兵衛と弥陀ノ介の方へ駆け寄った。

返さん、返さん、とそれぞれの呼びかける声が二人の周りに湧《わ》き起こった。市兵衛に代わって担ごうとすると、

「よい。か、担がれて、お頭のまえに、い、いけるか」

と、弥陀ノ介は市兵衛の肩につかまって、懸命に自ら歩こうとする。

そうしてようやく信正の前にきて、がくりと跪《ひざまず》き、俯《うつぶ》せた。

「弥陀ノ介……」

信正が弥陀ノ介の前に片膝をついた。

「お頭、返弥陀ノ介、三途《さんず》の川より、もも、戻って、まいりました」

「なんと、弥陀ノ介、三途の川より戻ったか。よく戻った。よく……」

「はあ、ぞ、存外、風光明媚《ふうこうめいび》な、ところで、はあ、ございましたぞ」

弥陀ノ介は、信正の前でも強がった。

しかし信正は、左池らを睨み上げた。信正は、人前で見せたことのないような怒りを露わにした。

「左池、南部、これほどまでに痛めつけたのは、何ゆえだ。わたしへの遺恨か。おぬしら、これが役人のすることか。これが侍のすることか。この咎め、断じてゆるがせにはせぬぞ」

信正の激しい言葉と怒りの形相に、左池と南部と周りの徒目付衆らは怯《ひる》んで、ざわざわと後退った。

六

数日がたった。

その朝、新番所前西側の御用談所に、若年寄・水野壱岐守と同じく若年寄・京極周防守、田沼玄蕃頭の三人が、目付・左池帯刀と奥祐筆組頭・越後織部の二人と対座していた。

水野と京極の相貌には、二人を訝る険しさがはっきりとにじんでいた。

左池はとき折り、息苦しげに唾《つば》を呑みこんだ。青畳へひたすら目を落として、こめかみを伝う汗を指先で繰りかえしぬぐった。

一方、隣の越後は、二人の若年寄から目をそらし、左池帯刀と自分が隣《とな》り合わせて着座していることに合点《がてん》がいかぬ風情を平然と見せつけていた。

わたしは仕事がありますので、ご用ならばすみやかに、とでも言いたげに、膝の上で手の甲をつまらなそうに打っていた。

「無駄なときをすごすのが、わたしは大嫌いでしてね」

と、越後は常日ごろ、組の配下にそう冷厳に言い放ち、組下の奥祐筆らは越後の言う無駄なときが定かにはわからず、みな越後に睨まれるのを恐れているのだった。

「と、というわけで、わたしは越後どのより示唆《しさ》を受け、そそ、それならば瀬士家は訴えを上申すべきではないかと、申したまでで、実際に訴えを起こされるかどうかは存じ上げず、それは、え、越後どのと瀬士家が決められたことでは、ごご……」

と、左池は言ってひと息ついた。

　すると越後は、わきへそらしていた目に嘲《あざけ》りを浮かべ、唇を歪めた。

「ははは、左池どのは何を仰られますやら。よろしゅうございますか。わたくしは奥祐筆組頭でございます。三年前の両国橋修復の作事が瀬士家に決まり、経費、段どりなど様々に意見を添える役目柄、ここは意見通りでしたな、ここは違っておりましたな、と左池どのにお話ししたのでございます。片岡どのがどうしたこうしたなどと、微塵《みじん》も申しておりません」

　越後は眉をひそめ、困った素ぶりを見せた。

「それを瀬士家に訴えを上申すべきだと言われたのは、左池どのでございましょう。御目付さまが仰るのですから、さようですか、ではそのように瀬士家には申し上げましょうと、御目付さまのお言葉に従ったのです。それは左池どののご判断ではないのですか。ご自分がご判断なさったことを、わたしに押しつけられても、わたしは何もできませんよ」

「そそ、そうではなく、三年前の両国橋修復の一件を、も、持ち出されたのは、越後どので、ござろう」

「ですからあ、左池どのが、御目付役筆頭格の片岡どのが監察の手をゆるめられているのは不審である、とお疑いのご様子でお訊ねなされたゆえ、片岡どのとはいっさいかかわりなく、これまでの普請や作事の詳細をご報告いたしました。わたくしは普請作事が、掛《かかり》でございますからね。その中に、三年前の両国橋修復の一件があった。幾つかの中のひとつですので当然ございますよ。それだけのことで、ございましょう?」

「越後どの、何を言われる。それではまるで、それがしがあらぬ疑いをでっち上げたみたいではないか。越後どのが不審だと言われたから、わたしはとり調べの必要があると、身内に甘くなってはいかんと、目付役としての役目を果たしたのだ」

「お役目を厳正に果たされたのであれば、それでよろしいではありませんか。何も恥じることなく、正々堂々と申し開きをなされればよろしいではありませんか。どうぞ、お好きなように。ふふん、それが間違っていようがなかろうが、わたくしは存じませんよ」

「おぬし、人を愚弄《ぐろう》するのか」

左池が色をなし怒声を発したが、越後は薄く笑って、また顔をそむけた。

「やめられよ」

若年寄の水野壱岐守が左池を諫めた。

「いずれにせよ、このたびの一件は間違いだった、ですますわけにはいかぬ。一件にかかわりがあるとみられる死人まで出しておる。何ゆえこの一件が起こったか、詳細な調べ直しと、かかわった者の厳重な処罰のお指図が御老中方よりあった。むろん、上さまもご承知である。そこで左池……」

と、水野壱岐守が左池へ向いた。

「はあ」

左池が頭を垂れた。

「調べが行われる間、謹慎をしてはいかがか。まだ事情が明らかではないが、かなりの証拠が挙がっておるし、証言もすでにとれておる。今は、これ以上は言わぬ。ただ、自分が何をしたのか、わかっておろう。目付ならば負わねばならぬ責任も、それなりに重い。左池には相応のご沙汰がくだされても、やむを得ぬ。それを待たれよ」

顔を伏せた左池の唇が震え、汗が血の気を失った頬を幾筋も伝った。

顔をそむけた越後は、薄笑いを浮かべている。すると水野壱岐守は越後へ向き、

「越後は……」

と冷ややかに言った。

「伊勢の門部邦朝どのと、だいぶ親交が深いようだな。越後が門部家のために何かと肩入れをいたし、門部家の方も越後の助力を相当頼りにしておるようだと、そのよう

な話が聞こえておるが」

「ほお、わたくしが門部家のためにどのように肩入れをいたしておりますか」

越後は少しも動揺を見せなかった。

「さあ、な。そういう話が聞こえておると申しておる。しかしながら、このたびの一件では、左池ひとりの独断専行では説明のつかぬことが多々見えておる。どういうかかわりがあるのか、門部家へのお訊きとりも始まっておる。もし、門部家に言われておるような肩入れをしておるのであれば、当面は慎むがよかろう。いっそ、越後も謹慎し、しばらく休息をとってはどうだ」

「謹慎など、左池どのと一緒にされては人聞きが悪い。ま、奥祐筆組頭の役目柄、多忙な日々をすごしてまいりましたので、たまには骨休めもよいかな、とは思っておりますが。ところで、お調べ直しはどなたが、なさっておられるのでございますか」

「片岡信正が自ら指図しておる。何しろあってはならぬ目付衆の失態ゆえ、厳正に自らを戒《いまし》める覚悟でとり組んでおる」

と、それは京極周防守が言った。

ふむふむ……と、それでも越後は薄笑いを消さずに頷いてみせた。

「そうだろうと思っておりました。片岡どのもこのたびのことではだいぶお恨みでしょうから、いい仕かえしの機会と、張りきっておられるでしょうな」

水野壱岐守と京極周防守、田沼玄蕃頭は、越後の何かしら嫌味な言い方に苦々《にがにが》しい顔つきになって、これ以上は……と、目配せを交わした。

三人は御用談所を先に出て、新番所前より若年寄御用部屋へ戻った。

越後は、肩を落としてうな垂れている左池とは目を合わせることなく、御用談所を出た。左池がようやく立ち上がった気配が、後ろにあった。

越後は、新番所前から中之間の方へとった。ある土木営繕の課役の人選について、普請奉行と作事奉行に少々訊ねることがあった。

中之間は留守居番、新番頭、小普請支配、小普請奉行、そのほか各奉行、当番目付、大目付など公儀要職の控える間である。

新番所前の反対側に新番詰所と同朋詰所が並んでいる。

中之間へ歩む越後の背後に、御用談所を遅れて出てきた左池がついてくるのはわかっていた。

まだ言い逃れられると思っているのか。今さらじたばたして何になる。往生《おうじょう》ぎわの悪い。そんなことだから小人目付ごとき小役人すら落とせぬのだ。粗漏《そろう》なこんな男と手を結んだのが間違いだった。顔も見たくない。

だがそのとき、越後の脳裡に苛だちがかすめた。

わたしの計略に、抜かりはなかったはずだ。遊びがあるからこそ仕組はすぐれている、という越後の信念はゆるぎなかった。

ではなぜ、こんな事態になった。そうだ、あの男、後沢兵部は無謀にもあの夜、片岡家をなぜ襲った。

片岡の妻を殺し、唐木市兵衛を斬るために……それはいい。それはいいが、ときがある。

先走ってはならぬ、と後沢には言ったではないか。なんとあの男は、そんなときも読めぬ輩だったのか。

いや、そんなはずはない。わたしのすぐれた計略がわからぬはずはない。なぜわたしの言う通りにしなかった……

と、越後はかすかな苛だちに捉えられた。

いずれにせよ越後は、これからは何があっても自分は知らぬ、かかわりがない、と言い通し、自分ほどの頭脳があれば、言い通し得ると、自信を持っていた。

ところがそのとき、左池が突然足早に背後へ近づく気配に気づいた。ふむ？　煩《わずら》わしい、とふり向きかけた。途端、

「越後っ」

と、左池がひと言、甲走って喚いた。そして、背中に脇差のひと太刀を受けた。越後は痛撃に悲鳴を上げ、身をよじらせながら、即座に中之間の方へ走った。

「狼藉《ろうぜき》だ。だ、誰かあ……」

叫んで中之間へ倒れこみふりかえると、脇差をかざした左池が追いかけてきて、上から二の太刀を浴びせかかるところだった。

左池の顔は血の気が引き、真っ白だった。目だけが赤く血走っている。

「やめろおっ」

越後は腰を落とした格好で後退り、顔面を庇うように思わず手をかざした。

「許さん」

左池の打ち落とした脇差が、越後の指の二本を斬り飛ばした。

「わわあ」

越後はまた悲鳴を上げ、斬られた手を抱え、それでも転がり逃げた。

中之間に控えていた奉行たちは、二人の突然の乱入に面喰らったこともあったが、血飛沫で裃が汚れることを恐れて、西側の羽目之間《はめのま》や細廊下の方へ散った。

越後は助けを呼びつつ中之間を這《は》い、東側の中奥番詰所の桔梗之間《ききょうのま》の戸にすがりついた。戸を開け、そちらへ逃げようとしたところを、腰へひと薙ぎされ、そのはずみで戸を倒して桔梗之間へ転がりこんだ。新御番詰所の新番衆が駆けつけ、左池をとり押さえたのはそのときだった。

「左池どの、やめよ」

「越後、嘘つき。痴《し》れ者。おぬしは蛇《へび》だ」

左池は怒り狂って喚いた。背後より羽交《はが》い締《じ》めにされ、ひとりに脇差を握った腕をとられ、ひとりには足を押さえられた。

しかし、三人の新番衆に組み伏せられてもなお、左池は越後を「蛇、けだもの」と罵《のの》り続けた。

その騒ぎが、中之間と遠く離れた表大広間から白書院《しろしょいん》へ向かう松の大廊下へ届くことはなかった。

松の大廊下は東西から南北に折れると、幅二間《けん》（約三・六メートル）から二間半（約四・五メートル）に広がり、南北に十八間（約三十二メートル）。中庭に面した側の板縁を仕きる戸に向き合う襖へ、狩野寿楨《かのうじゅてい》の描いた松に千鳥、波の絵が延々と続いている。

松の大廊下に沿って白書院に近い上之部屋には紀州《きしゅう》、尾州《びしゅう》、水戸《みと》の御三家、下之部屋には水府《すいふ》の嫡子《ちゃくし》や加州《かしゅう》侯が詰める。

そうして、松の大廊下より桜之間《さくらのま》をへて白書院南の御下段《ごげだん》隣に、譜代大名の詰める帝鑑之間《ていかんのま》がある。

その日、老中よりの急のお呼び出しを受けた準譜代・門部伊賀守邦朝は、藍《あい》に白抜き小紋《こもん》の熨斗《のし》目の長裃に露頂《ろちょう》で、松の大廊下を帝鑑之間へ渡っていた。供の家臣は蘇鉄之間《そてつのま》に控えなければならず、表坊主《おもてぼうず》が邦朝を案内している。

中庭側の戸の上の明かりとりの障子より、やわらかい朝の白《しら》みが廊下の青畳に射していた。

むろん、月並の登城日ですらないためほかに諸侯の姿はなく、城中は先をゆく表坊主と自らの畳を踏む音のほかに物音がなかった。

急なお呼び出しとは何事かと、邦朝は期待と不安に胸の鼓動を抑えられなかった。期待は、もしや宿願にしてきた例のことのご内示かという期待であり、不安は、ここ数日、奥祐筆組頭・越後織部の知らせが入ってこず、目ろみの進展具合がよくわからぬ不安だった。

越後のとき折り見せる冷笑が脳裡をよぎり、邦朝はかすかな苛《いら》だちを覚えた。

いやなことを思い出して、つまらぬ、と思った。越後とのつき合いは長いが、じっはあまり好きにはなれなかった。

それにしても城中の静けさが、ふと、邦朝は気になった。

登城日ではないにしても、これほど城中に人気《ひとけ》がないのか、と不審になった。

大廊下の先の向孔雀《むこうくじゃく》の戸の手前に、襖を背に人がひとり、端座していた。

人がいたか、と三白眼をそちらへ投げつつ近づいてゆくと、表坊主が立ち止まった。

うん？　と邦朝が思ったとき、表坊主は端座している者へ辞儀をした。

その者は銀鼠《ぎんねずみ》の小袖に黒の半袴の裃を着用し、小刀を佩《は》いたわきに尺扇《しゃくおうぎ》を差している。表坊主の辞儀を機に、やおら立って廊下の中央に進み出た。

そして、邦朝へ恭《うやうや》しく礼を寄こした。

すると表坊主はその者の辞儀を邪魔せぬようにわきへ退き、それから畳に足をすべらせ足早に後方へ退いていった。

なんだ。どうした？　と邦朝は戸惑いを覚えた。

「待て……」

と、退いていく表坊主を三白眼を歪めて追いかけたが、すぐにふりかえった。

邦朝は黒裃のその男に、見覚えがあった。頑健そうな身体つきを、穏やかに佇ませていた。背も邦朝より高く、年配ながら、表情に若々しさがあった。

二人は三間（約五・四メートル）以上の間をおいて、向き合った。

片岡信正だと、ようやく気がついた。

急に鼓動が激しくなった。次に、片岡がなぜここにいる、と思った。

「その方……」

と、思わず先に言った。

「伊賀守さま、お待ちいたしておりました。公儀目付役・片岡信正でございます。お久しぶりでございます」

信正の張りのある低い声が聞こえた。

邦朝は、このような場所で無礼な、と咎めようとしたが、信正の佇まいに気《け》おされ言葉が出なかった。

「本日、伊賀守さまをこの場所にてお待ちいたしておりましたのは、ほかでもございません」

信正がゆっくりと言った。

邦朝は信正の目をさけるように、左右を見廻した。信正と自分以外に、大廊下に人の姿はなかった。ほかに誰もいないことが不気味だった。

「このたび、伊賀守さまにおかれましては、様々なお働きをなされたようで、まことにお疲れさまでございました。ところで、そのお働きについて、でございます。わが手の者らが調べましたところ、伊賀守さまのお働きに少々遺憾《いかん》に思われる事柄が判明いたしました。申し上げるまでもなく、それを今ここでお訊ねするためにお待ちしておったのではございませんが……」

信正はまたそこで頭を低くした。

「か、片岡どの。ごご、御老中さまよりの、お呼び出しなのだ。そこを、どかれよ」

邦朝はようやく言うことができた。おちょぼ口より息づまった気を吐いたが、四肢《しし》の力も抜けていき、早くこの場を離れたかった。

「伊賀守さま、ご懸念にはおよびません。御老中方はご承知でございます。すなわち御老中方の本日のお呼び出しのご用件は、わたくしが伊賀守さまにお伝えするお役目を命ぜられておるのでございます」

信正が頭を上げ、静かに言った。

「どういうことだ」

邦朝は、懸命に自分を励ました。

「どういうことか、とお訊ねになるお気持ちはお察しいたします。しかしながら伊賀守さまは、わたくしがこの場所にてお待ちしていたわけが、ご自分のこれまでのお働きと考え合わせたうえで、すでにお気づきになっておられるのではございませんか」

「わかるわけ、ないではないか。も、持って廻った言い方をいたすな。その方、用件があるならさっさと申せ」

邦朝の声が、甲高《かんだか》くなった。

「わけがおわかりになりませんか。仕方がございません。それでは単刀直入に申し上げます。こののち、伊賀守さまは相応のお家にお預けの身となられます。お預けとなられる委細につきましては、使者がまいります折り、その条を読み上げますゆえ、そこでお聞きなされますように。お預けの身となられたのちは、御老中方が評議をなされ、その結果を上申いたし、上さまがご裁断をくだされる手順と相なります」

邦朝の顔色が瞬時に蒼白となった。足が震え、目が泳いだ。言葉が浮かばず、頭が痺れるようにぼうっとした。

「よろしゅうございますか、伊賀守さま」

身体中から、冷たい汗の噴いているのがわかった。自分で立っているのが奇妙な感覚だった。したたる汗が目に入った。

「と、これは御老中方のご用件でございます。ここからは、わたくしの用件でございます。門部家は御譜代となられたご家門。御譜代は上さまを身近にてお支えする重要なお家柄でございます。それほどのお家柄に万が一、疵がつきましては由々《ゆゆ》しき事態と申さざるを得ません。あってはならぬ事態でございます」

邦朝は信正の顔がよく見えなかった。汗が目に染《し》み、手の甲で何度もぬぐった。ただ、信正の声がはっきりと聞こえたのは、なぜだったのかはわからない。

「伊賀守さま、いかがでございましょう。本日ただ今より虎之御門外のお屋敷に戻られ、本日中にご隠居なさる願いを出されては。幸い、門部家にはお小さいながら御嫡子がおられます。そうなされば、御譜代のお家柄に万が一の疵がつく恐れは、なくなるかと思われます。御老中方にはわたくしの方よりお伝えし、必ずや、お許しをいただくように、とり計らう所存でございます」

目をぬぐって見かえすと、信正の目にはぞっとするような厳しさがこもっていた。

「ただしこれは、明日ではなく本日でございますぞ。明日になれば、これはなきものと、お考え願います」

途端に、邦朝はよろめいた。すると、両わきから太い腕が邦朝の身体を支えた。

いつの間にか表玄関当番所の徒目付が二人、邦朝の後ろに控えていたのだった。

邦朝は倒れず、「はあ……」と長い溜息をついた。

気の遠くなるような安堵に、邦朝は捉えられた。

そうして、言葉にもできぬほどの安堵が、かろうじて残っていた邦朝の意識を白々《しらじら》と薄れさせていったのだった。

信正は、邦朝が二人の当番の徒目付に両わきを支えられ、松の大廊下をさがっていく様子を見つめた。

これでよいのかどうか、なんとも言えぬがな、と信正は思っていた。

遠ざかってゆく三人の後ろ姿と入れ替わるように、表坊主が足早に白足袋《しろたび》をすべらせ、信正の方へ近づいてきた。

「片岡どの」

と、表坊主は信正のそばまできて、静かに言った。

「何か、ご用か」

信正は訊いた。

すると表坊主はさらに近づき、頭を垂れて続けた。

「お知らせでございます。つい今しがた、諏訪坂のお屋敷より使いの方が見えられ、とり次いだ者によりますれば、今朝ほど、奥方さま、男児を無事ご出産とのことでございます。まことに、おめでたいことでございます。母子共に健《すこ》やかにて……」

終章　偽装

一

春の末、江戸城内中之間《なかのま》にて斬りつけられた奥祐筆組頭《おくゆうひつくみがしら》・越後織部は、四月の声を聞いて間もなく、手あての甲斐《かい》なく落命した。越後へ刃傷《にんじよう》におよんだ左池帯刀は、目付《めつけ》職を解かれ、さる大名家へのお預けとなりご裁断を待つ身となった。

裁断はまだ出ていないが、せめて切腹をという嘆願が、目付衆や左池帯刀の知己《ちき》の者らより出された。

武家が切腹ではなく斬罪となれば、当人のみならず、家にも改易《かいえき》などの累がおよびかねないからであった。そうなると、旗本二千八百石《こく》の名門・左池家が潰《つい》える恐れがある。それを惜しむ声が上がった。

このたびの一件を偽《いつわ》りと知りながら、左池に加担し返弥陀ノ介の責問を指図した徒《かち》目付組頭《くみがしら》の南部六郎は、徒目付役に相応《ふさわ》しからずとお役御免となり、妻子と共に組屋敷を追われた。

伊勢の国の門部邦朝はまだ三十代の壮年ながら、嫡子《ちゃくし》に家督を譲って隠居の身になり、お側用人の宝部治右衛門は職を解かれ、これも隠居の身に退いた。

古川に上屋敷のある丹後の瀬土家では、このたびの不届きな訴えの上申について、留守居役の沢戸甚三が独断で行ったことである旨《むね》の弁明と、沢戸は自《みずか》ら屠腹《とふく》したとの報告がもたらされた。

そのうえで両家共、いずれは減封あるいは国替え、門部家の願い譜代おとり消しの噂《うわさ》も出ているものの、その沙汰《さた》はまだない。

一件は、十人目付筆頭格の片岡信正が指図し、かかわりのあった者らをすべて厳しく訊問《じんもん》、経緯《あるじ》を調べた結果、奥祐筆組頭の越後織部が廻《めぐ》らした謀《はかりごと》と見なされた。

越後家は主の織部が亡くなり、織部の罪状は明らかであるものの、当人が落命し真偽を突きつめることができぬため、百日の閉門ののち、倅《せがれ》が三十俵《ぴょう》に減給となった御家人の家禄《かろく》を継《つ》いで小普請《こぶしん》へ廻《まわ》った。

しかし、調べを指図した信正は厳格な調べを行いながら、結果においては厳しい追及はしなかった。

なぜならこの一件は、目付・左池帯刀と徒目付組頭・南部六郎の組下の徒目付らの中に、命ぜられるままに事なかれと加担した者が少なからずおり、それらの者まで追及する必要はない、という信正の配慮があったためである。

そしてそれには何よりも、養生《ようじよう》の床についていた返弥陀ノ介本人が片岡信正に寛大な措置を嘆願したことがあったためである。

また、門部家とかかわりのあった宇田川町の京銘《きようめい》菓処《かどころ》《露庵》の主人・露次と娘のお桐についても、それは同じであった。

ただ信正は、お上《かみ》に仕える役人とはいえ、侍は侍である。自らを律する心を失《な》くしては侍の面目《めんぼく》がたたず、と配下の徒目付衆、小人目付衆らを厳重に戒《いまし》めたが。

小人目付・岡本伸三の斬殺と、諏訪坂の片岡の屋敷を襲撃した一味を指図した御庭《おにわ》番《ばん》・後沢兵部は、徒目付衆らが虎之御門外の御用屋敷へ踏みこんだときには、すでに姿をくらましていた。

後沢兵部に率《ひき》いられていた一味は、片岡家襲撃の折り、疵《きず》を負《お》い生け捕りになった鈴代百助《すずしろももすけ》という浪人者の白状でほぼ明らかになった。

一味は、麻布宮下《あざぶみやした》町に新陰流の道場を開く霧原《きりはら》勘八郎と門弟の六名で、後沢兵部が隠密の役目に携《たずさ》わった折りに呼び寄せて使う手の者らであった。

御庭番の後沢兵部と奥祐筆組頭の越後織部がどういうかかわりで手を結んだのか、襲撃の折りに命を落とした頭の霧原勘八郎なら知っていたかもしれないが、鈴代らはみな、後沢と霧原に指図されて動いたばかりで、詳細な実情はわからなかった。

ただ唯一、片岡家襲撃は後沢の私情にからんだ独断であったらしく、霧原が後沢に「勝手に襲撃をかけて、あとの障《さわ》りになりませんか」と訊いていたという。

鈴代は、「後沢さんは片岡さまへの恨《うら》みにとり憑《つ》かれ、われらはただ、否《いや》でも応《おう》でもなく、後沢さんの指図に従ったまででござる」と調べの場で申し述べた、とも伝わった。

姿を消した後沢と二名ほどの霧原の門弟が逃げ、追われる身となっている。


そうして、左池帯刀がお預けの大名屋敷で切腹となる夏の日の、ひと月ほど前の四月初め、日が暮れてこの季節には珍しく霧のような雨の降る夜更《よふ》けだった。

鎌倉河岸《がし》の《薄墨》を出た市兵衛は、静観に借りた蛇《じゃ》の目《め》を差して、三河町の通りの方へ暗い河岸通りを帰途についていた。

夜更けの霧雨《きりさめ》は音もなく、河岸場の渡し板の杭《くい》につないだ川船を、寂しげに濡《ぬ》らしていた。

河岸場の堤に常夜灯が灯《とも》され、暗いお濠《ほり》や堤端の柳の木をぼんやり照らしている。

川船が次々に出入りし、荷運びの人足や船頭、荷車、行商、商人らで賑《にぎ》わう昼間とは打って変わって、通りの表戸はどこも閉じられ、人通りは途絶え、夜鷹《よたか》が物陰から客を引く、寂しく少々怪《あや》しい界隈《かいわい》になっていた。

まして夜更けの雨ともなれば、夜鷹すら客引きの仕事は休みで、河岸通りの寂しさはいっそう募《つの》った。

雨に濡れた野良犬が、市兵衛のゆく手の道を横ぎっていった。

河岸通りのお濠端には、人足や船頭、船を待つ商人ら相手の掛茶屋《かけぢゃや》や煮売屋、粗末な小屋掛《こやがけ》の酒場、露天商などの小屋が建ち並び、暗くなってからそこでしばらく続いていた賑わいも、この刻限は安酒場の明かりが一つ二つ残っているばかりである。

静観が、「このたびのお礼にもういっぺん料理を……」と言うので、その夜、市兵衛は静観の京料理を馳走《ちそう》になった。

馳走になったあと、市兵衛と静観はこのたびの事の顛末《てんまつ》より、信正の妻・佐波の産んだ男児の話題に移ってときをすごし、帰りがついついこの夜更けになった。

夕刻、薄墨へ顔を出したときは降っていなかった霧雨が、薄墨の表格子戸《おもてこうしど》を開けると、墨色の透《す》きとおった薄絹《うすぎぬ》みたいに河岸通りを覆《おお》っていた。

「市兵衛さん、これを使ってください。戻しはついでのときでけっこうどす」

と、静観に蛇の目を借りた。

戻りは暗くなることがわかっていたから、提灯《ちょうちん》は用意していた。

その提灯の明かりが、市兵衛をくるむ霧雨を淡く映《うつ》し出す中を、あと数間《けん》で三河町の通りへ折れるあたりに差しかかったときだった。

お濠端の前方に小屋掛の酒場より、河岸通りへふらりと出てくる人影を認めた。

影は傘を差さず、笠《かさ》もかぶっておらず、腰の二刀の影と漫《そぞ》ろな足の運びが、ゆくあてもなく雨の中をさまようううらぶれた浪人風体《ふうてい》に見えた。

会釈《えしゃく》を投げ、黙って通りすぎる。市兵衛は歩みを変えなかった。

しかし、浪人は通りをゆく市兵衛の前へ立ちはだかるように向きなおった。

それでも、ゆるやかな歩みを止めなかった。

影が草履《ぞうり》を脱ぎ、裸足《はだし》になったのがわかった。

提灯の明かりが、少しずつ影の顔を浮き上がらせていた。

そうか、そんな気分ではないのだが、と市兵衛は少々気が滅入《めい》った。

提灯の明かりが、男の相貌《そうぼう》を浮き上がらせた。

やむを得ぬか——と自分に言い、市兵衛は歩みを止めた。

頬《ほお》の歪《ゆが》みが、相手の表情が変わったことを教えた。

「唐木市兵衛、京料理の馳走を堪能《たんのう》したか……」

と、後沢兵部の張りつめた声が霧雨の河岸場に響いた。

「まだ江戸にいたのか。とっくに去ったと思っていた」

市兵衛は答えた。

「唐木市兵衛を斬らずに江戸を去るのは心残りだ。片岡信正を斬るつもりだったが、弟のおぬしを知って、おぬしを斬りたくなった。片岡はもういい。おぬしほど斬り甲《が》斐《い》のある男はいない。唐木、〈風の剣〉という技を使うそうだな。お桐から聞いたとき、笑ったぞ」

「なぜ、大鳥伝右衛門と偽り近づいた。おぬしが宇田川町の露庵に入ったのを見かけた。それで、一味だとわかった。よけいなことをしたな」

「かまわぬさ。越後の謀など、どうでもよい。元々は、片岡を討つ、それが狙いなのだ。片岡に恨みをはらせねば、おれの生きる甲斐がないと、ある日わかった。だから越後の誘いに乗ってやった。片岡を討つためにな」

「恨みをはらして、それにどんな甲斐がある」

「おぬしを斬り、片岡を斬れば、わかる。だから斬る」

「愚か者。人を斬って、それがおぬしの生きる甲斐か」

「そうだとしたらそれがなんだ。ただおぬしを斬る。おれの生き甲斐のためにな。それの何がわからぬ。唐木、おれは風の剣などと言ってはばからぬおぬしの無邪気さが気に入った。斬る前にどんな男か知っておきたかったのだ。唐木、知っているか。おれはすでにおぬしを一度斬っている。今夜で二度目だ。先だっての片岡家では斬りそこねたが」

後沢は薄笑いに歪めた唇を指先でなぞった。

「雉子町の湯屋で、言葉を交わしたときのことを言っているのか。わざと湯をかけたのは気づいていた。湯ぐらいかまわぬさ。よけるまでもない。それだけだ」

市兵衛が涼やかに言った。

後沢は市兵衛を睨《にら》み、身体をほぐすように胸を反《そ》らせた。

「よかろう。ならば決着をつけよう。三度目は正直だ」

と言い、一歩、二歩、と進み始めた。

右手をわきに楽々と下げ、左手で鯉口《こいぐち》をきった。

市兵衛は蛇の目を差し、提灯をかざしたままである。

「後沢兵部、兄に恨みをはらすために越後織部らの企《くわだ》てに加担したおぬしが、なぜ御小人目付の岡本伸三を斬り、なぜ兄の屋敷を襲い、義姉の命を狙った。その無謀なふる舞いの挙句《あげく》が、おぬしは御庭番の身分を失った。ずいぶんむだなことをするものだな」

「岡本ごとき、大人しくしておれば斬るまでもなかった。小役人が妙に嗅《か》ぎ廻りおって。よけいな手間をとらされた」

後沢はさらに近づきながら、大刀の柄《つか》を下げるようにやや下へ向けた。

「去年、門部家領内の調べを申しつけられたとき、越後織部が近づいてきたのだ。調べに手心を加えれば、門部家より相応のつけ届けがあると教えられた。おれは迷わなかった。みなやっている。ゆえに、おれもやることにした。つけ届けをいただくことにした。それだけだ」

そこで歩みを止め、柄に手をかけた。

後沢のほつれた髪より雨の雫《しずく》が垂《た》れていた。

「ところが片岡信正という妙な目付が、おれの手心を暴いた。返弥陀ノ介と岡本伸三という身分の低い小人目付ごときが、門部家領内を手心も加えず正確に調べた。お陰でおれは恥をかかされた。ならば、片岡にも恥をかかせてやる。恥だけでは足りん。

生き地獄を味わわせてやると、決めたのだ。だから手始めに佐波を斬ることにした。片岡の生き地獄を肴《さかな》に酒を呑《の》むつもりだった。岡本と返は片岡が味わわされる生き地獄の添え物だ。惜しいところでおぬしにはばまれたが……」

後沢は大刀の柄に手をかけたまま、腰を低くし、再び歩み出した。

間がゆっくりとつまってゆく。

しかし、蛇の目と提灯を提《さ》げた市兵衛の立ち姿は、動かぬままだった。

「襲撃は越後の指図ではなかったのか」

市兵衛は動かぬまま言った。

「越後は何もわかってはおらん。おのれの意のままに人を動かしている、操《あやつ》っていると思いこんでいるだけの阿呆《あほう》だ。思い通りに人は動かぬ、ということがあの男には合点《がてん》がいかぬのだ。おれはおれの思い通りにやる。越後の指図など、受けはせぬ。それがおれの生き甲斐だからな」

「生き甲斐ではなく、病《やまい》だろう。後沢、おのれをよく見ろ。おぬしが斬っているのは、おのれ自身だ」

「教えてやる、唐木。百人が嘘《うそ》をつけば、ひとりの真実より値打ちがあるのだ。生き甲斐とはな、百人の嘘の値打ちのことなのだ。片岡やおまえには、その値打ちがわからぬのだろうがな」

「その値打ちのためにおのれ自身を賭《か》けたか。賭けはおぬしの負けだ」

「おぬしには配下の霧原勘八郎らが斬られた。みな頼りになる腕利《うでき》きだったが、おぬしに歯がたたなかった。凄《すご》いな、唐木。斬り甲斐がある。片岡の代わりに、おまえを斬る。風の剣を見せてもらおう」

そこで後沢の歩みが速くなった。

裸足の下の雨に濡れた地面がひたひたと鳴り、二人の間はたちまち一間《けん》（約一・八メートル）をきった。

半間に迫るとき、抜き放つ刀身が提灯の明かりに照らされきらめいた。

「だあっ」

雨の河岸通りに、ひと声短く谺《こだま》し、抜き打ちに市兵衛を斬り上げた。

うなりを上げた一撃が提灯を斬り払い、霧雨の中を飛んでゆく提灯が、束《つか》の間《ま》の炎を上げた。

しかしその束の間、後沢は一間先に蛇の目が自分の方へ向けられているのを見た。

市兵衛の姿は、蛇の目の中にすっぽりと隠れている。

後沢にためらいはなかった。

誘われるように襲いかかった。
素早く踏みこみ、蛇の目もろ共、一刀の下《もと》に斬り下げた。
刃《やいば》が蛇の目を真っ二つにする。
斬り裂かれた蛇の目の一方が道端へ飛び、一方が夜空に舞った。
すると市兵衛は、今度は蛇の目を捨て、さらに一間先へさがっていた。
ただ、刀に手をかけ、腰を落とし、抜刀の体勢に入っていた。
後沢はひと呼吸しかおかなかった。
泥を撥《は》ね、雨煙を巻き上げ、再び上段にとって突き進んだ。
「せえいっ」
斜め上段より袈裟懸を浴びせる。
そのとき、市兵衛が抜き放った。
後沢の袈裟懸を、鋼《はがね》を鋭く打ち鳴らして抜刀のままに撥ね上げた。
すかさず横へ身を転じながら刀をかえし、後沢の胴をひと薙《な》ぎにする。
しゅっ、と後沢の前襟《まええり》が裂けた。
後沢はお濠端へ身を逃がし、すぐ様、追い打ちに備え八相《はっそう》に身がまえた。
市兵衛は、撥ね上げた上段から、正眼《せいがん》へとかまえを静かに変えた。

間は再び、一間半ほどに開いている。

提灯の炎は消え、河岸通りは暗闇と静寂に包まれた。

そこへ、人の声と鋼の打ち鳴る音を聞きつけた静観が、薄墨から走り出てきた。

河岸場の安酒場の小屋掛からは、店の男が顔をのぞかせた。だが、緊迫した気配に息を呑んで、市兵衛と後沢を見守った。

「市兵衛さん……」

静観は、市兵衛と後沢の睨《にら》み合う近くまできて、身を硬くした。

市兵衛は静観に答えず、お濠端に身がまえた後沢へゆっくりと踏み出した。

一間半ほどに開いた間が、半間をきるほどまで肉薄したとき、市兵衛の上段よりかえす一撃と、後沢の八相からの打ち落としが閃光を交錯《こうさく》させた。

再び鋼が鳴り、霧雨の中に火花が散った。

しかし、刃の閃光が交錯した刹那《せつな》、手首をかえした市兵衛の斜め上へのひと薙ぎが後沢のかえしよりわずかに速かった。

ぴっと音をたてて切先《きっさき》が後沢の額を舐めた。

後沢は顔をそむけ、お濠端へまた一歩退いた。

と、その途端、後沢はお濠端より反転し、河岸場の渡し板へ身を躍らせた。

渡し板を二枚つなぎ合わせた先に、お濠の漆黒《しっこく》の水面《みなも》があった。

水面の向こうに曲輪《くるわ》の石垣と土塀《どべい》が、黒い大きな影をつらねていた。

杭につながれた川船が雨に濡れている。

後沢はその渡し板の先端へと走っていく。

市兵衛はお濠端より渡し板へ、後沢に誘われ身を躍らせた。

後沢は渡し板の先端まで走ると、そこでふりかえった。

「唐木、ここがおぬしの死に場所だ。こい」

後沢は八相にかまえ、両脚を蟹《かに》のように折り曲げ、身を低くした。

それに対し市兵衛は、今度は正眼から上段へ大きくとった。

覆いかぶさるような上段にかまえ、渡し板を鳴らし淡々と進んでゆく。

後沢の額の疵から、つうっ、とひと筋の血が流れた。

両者の間が再び十分に縮《ちぢ》まり、互いの殺気が漲《みなぎ》り、あふれ、交錯した。

だが、霧雨が交錯する殺気に乱れた瞬時、後沢の体軀《たいく》は霧雨の夜空へ跳んでいた。

そして市兵衛の頭上高くを飛び越え、天と地の間で二つの身体が交わる刹那、後沢の一刀が打ち落とされた。

「あいやあああ……」

渾身《こんしん》の一撃と共に叫び声が水面に響き渡った。
頭上より刃がうなりを上げ、市兵衛に襲いかかった。
それは霧雨を斬り裂き、闇の彼方《かなた》より襲いかかる瞋恚《しんい》の炎だった。
けれどもそのとき、市兵衛の全身には風が吹きつけているだけだった。
その風の中に、市兵衛はただ身をゆだねた。
市兵衛が翻す一刀に、炎がからみつき、そして乱れ散った。
後沢が渡し板に下り立ったとき、市兵衛は渡し板の先端に佇《たたず》んでいた。
立ち位置を変えて後沢がふりかえり、漆黒を背に佇む市兵衛を見た。
市兵衛は、涼やかな八相にかまえていた。
なんだ、こいつは……
後沢は眉《まゆ》をひそめた。
かすかに痙攣《けいれん》しながら正眼にとろうとした。
身がまえ、睨み合った二人に霧雨が降りそそいでいた。
ときすらも消え去ったかのような静寂が、二人を包んだ。
「こ、ここが……」
そこまで言って、後沢の声は途ぎれた。

「市兵衛さん」

静観がお濠端から市兵衛を呼んだ。

静観には渡し板の二人がどうなったのか、定かにはわからなかった。

すると市兵衛は、ゆっくりとかまえを解いた。

「静観さん、人を斬りました。町役人さんを呼んでください」

刹那、後沢の正眼は崩れた。切先が渡し板に落ちた。後沢の首筋から血が音をたてて噴《ふ》き、血煙が霧雨とまじり合った。

後沢は片膝《かたひざ》を落とした。

しかし片膝で身体を支え、二度、そよぐように上体をゆらした。それから暗い水面へ、声もなく転落した。

二

同じ四月初めのある日、宇田川町の宇田川橋袂《たもと》にある京銘菓処・露庵の紫の軒暖簾《のきのれん》を、北町奉行所定町廻《じょうまちまわ》り方《かた》の渋井鬼三次に続いて、手先の助弥が払った。

帳場格子《ごうし》の番頭が「おいでなさいまし」とにこやかに言ってから、町方の定服《じょうふく》に気づいて顔つきを改めた。

帳場格子から出てきた番頭が、店の間の上がり端《ばた》に手をついた。

「お役目、ご苦労さまでございます。てまえは番頭を務めます……」

御用をお承《うけたまわ》りいたします——と、頭を上げずに馬鹿丁寧《ていねい》に言った。

「あんた番頭さんかい。あんたじゃ、やっぱり話にならねえだろうな。ご主人を呼んでくれるかい。ご主人は、露次さん、だったな」

「あ、はい。主人は露次でございます。そういうことでございましたら、どうぞ、お上がりくださいませ。ご案内いたします。おおい誰か」

「いいんだ、いいんだ、ここで。ここで十分だ。ちょいと坐《すわ》らせてもらうぜ」

と、渋井は腰の大刀をとって上がり端にかけた。

刀を杖《つえ》にし、着流しの足を組んで爪先《つまさき》をつんつんと上下させ、雪駄《せった》をゆらした。

「ただ今主人を呼んでまいります。少々お待ちを願います」

番頭が店の間の奥へ引っこむと、小僧が盆に載せた茶菓《さか》を運んできた。

店は客の出入りが多かった。

お仕着せの手代《てだい》が、お金持ちらしい母親と娘の客に露庵の京銘菓を売りこんでいる。

わたくしどもでは、京のどこそこで修業をいたしました一流の菓子職人が下ってまいりまして、江戸のみなさま方に本物の京銘菓をお楽しみいただきますよう、心をつくし……

まあ綺麗、美味《おい》しそう……

本当に、ほのかに甘い、いい香りですこと……

どうぞどうぞ、お内儀《ないぎ》さま、お嬢さま、お味見をいただき、本場京銘菓を……

と、手代と客とのやりとりが聞こえてくる。

ほどなく、仕たてのよさそうな縞《しま》羽織を着た主人と番頭が、店奥の仕きりの半暖簾を払って現われた。

「これはこれはお役人さま、お役目ご苦労さまでございます。露次でございます。御用をお承りいたします」

と、畳《たたみ》に膝をついた。

上がり端に腰かけた渋井は、露次へ《鬼しぶ》の渋面《しぶづら》を「おう」と投げた。

主人の後ろの番頭が畏《かしこ》まっている。

「あんたが露次さんかい」

「さようでございます。先代が宝暦《ほうれき》（一七五一～六四年）に創業いたしました店を受け継《つ》ぎ、わたくしが三代目でございまして、この宇田川町にて商《あきな》いをさせていただいております」

「宝暦のころから続いているのかい。そりゃあ、老舗《しにせ》だな。いい店じゃねえか。なかなか儲《もう》かっていそうな」

「いいえ。こういう商いでございますから、見栄《みば》えはそれなりに整えなければなりませんが、実情はむずかしいことが多いのでございます。露庵ではお客様を第一と考え、儲けを度外視してお客さまにご奉仕いたしておりますもので、儲けなどないも同然でございますよ」

おほほほ……と、露次が愛想《あいそ》笑いをし、控える番頭も上品に微笑《ほほえ》んでいる。

「ほお、儲けを度外視してね。ところで、露庵が売りにしている京銘菓とかなんとかなんだが、何が京銘菓なんだい」

「はい、わたしどもは京の一流の菓子処で修業をいたしました菓子職人を雇《やと》い入れまして、京の上品な銘菓を作らせております。本場で修業をいたしました一流の職人が作る菓子でございます。よそ様の京の菓子とはそこが違うのでございます。露庵こそが本物の京銘菓、と自信を持って申せます」

「ふうん、そういうことかい。なら、京の菓子職人が江戸に下ってきて、露庵で京の菓子を作っているってわけだな」

「さようでございます」

「職人の弟子は何人いる」

「三人でございます。弟子と申しましても、みな腕のある職人でございます」

「弟子も京からきたのかい」

「はい。職人が京より選《え》りすぐりの弟子を引き連れ、江戸へ下ってまいりました。わたしどもは本物の職人が、本物の京銘菓を作り、お客さまにご提供させていただいております」

誇らしげに露次は言った。

「露次さん、それは本当かい。ちょいと気にかかる噂《うわさ》を耳にしてよ。露庵の職人は、京で修業をした職人じゃねえ。大崎《おおさき》かそこらの村の男で、神奈川《かながわ》宿の菓子店に奉公していた職人だ。そいつに菓子作りをさせて、京銘菓と看板にして売り出しているってな。創業の宝暦のころはどうだったか知らねえが、今の露庵は京銘菓でも何でもねえってな」

露次の顔つきが変わった。

控える番頭は顔を伏せて、渋井のちぐはぐになった目と合うのをさけた。

「京で修業した一流の菓子職人が作っているんだから、京銘菓と言われりゃあ、そうなのかい、と思うけどな」

言葉つきと違い、渋井の表情は相当険《けわ》しくなっていた。

「当然、大崎かそこらの村の男は、京へ修業にいって、手に職をつけて戻ってきた一流の職人だろうな。噂なんていい加減だし、まさか露庵ほどの老舗が、そんないい加減な看板を出すはずがねえ、とは思いつつ、まあ、念のために訊《き》くだけ訊いておこうということさ」

露次が口を尖《とが》らせた。

さっきまで手代と賑やかに言葉を交《か》わしていた母親と娘が、ひそひそ声になっていた。

店の間の菓子を見て廻っている客が、そっと渋井と露次の方を見ている。

店の間と裏の仕きりの暖簾の隙間《すきま》から、年増《としま》が渋井を睨《にら》んでいた。

渋井は暖簾の隙間の年増へ、渋面を投げた。

そうして、その渋面をいっそう渋くして露次へ続けた。

「そんな性質《たち》の悪い商いが、許されるわけがねえ。そんな商いをやっている店は放っておけねえ。たとえお上が許しても、世間が許さねえ。そうじゃねえか、露次さん」

露次は何も答えず、渋井は後ろの番頭に言った。

「番頭さん、あんたもそう思うだろう。京の菓子じゃねえのに京銘菓と看板を掲げりゃ、そいつは偽装だって。どうだい」

番頭は小さく頷《うなず》いた。そうして、

「京銘菓、と申しますのは、言葉のあやと申しますか、しいて申せば、まあ、偽装ではなく、誤表記で……」

と、肩をすぼめてようやく聞きとれるほどの小声で言った。

渋井と店土間の助弥は顔を見合わせた。

それから店中に響き渡るような、がらっぱちな笑い声をたてた。

渋井は笑いながら、露次の方へふり向き、面白《おもしろ》いことを言う番頭さんだね、というふうに露次の腕を叩《たた》き、番頭を指差した。

露次も番頭も、暖簾の隙間から睨んでいる年増も笑わなかったが、笑い声は表の往来にまで響き渡った。

往来は相変わらず人通りにあふれ、初夏の空は晴れていた。

青空に白い雲がのどかに浮かび、木々の青葉が繁り、かすかな潮《しお》の香《か》が漂《ただよ》い、明るい日差しが降り、まだ汗ばむほどではないほどよい陽気の下に、町は賑やかに続く営《いとな》みの中にあった。

切・り・取・り・線

一〇〇字書評

乱雲の城

購買動機（新聞、雑誌名を記入するか、あるいは○をつけてください）

□（　　　　　　　　　　　　）の広告を見て
□（　　　　　　　　　　　　）の書評を見て
□ 知人のすすめで　　□ タイトルに惹かれて
□ カバーが良かったから　　□ 内容が面白そうだから
□ 好きな作家だから　　□ 好きな分野の本だから

・最近、最も感銘を受けた作品名をお書き下さい

・あなたのお好きな作家名をお書き下さい

・その他、ご要望がありましたらお書き下さい

住所	〒				
氏名		職業		年齢	
Eメール	※携帯には配信できません		新刊情報等のメール配信を 希望する・しない		

この本の感想を、編集部までお寄せいただけたらありがたく存じます。今後の企画の参考にさせていただきます。Eメールでも結構です。

いただいた「一〇〇字書評」は、新聞・雑誌等に紹介させていただくことがあります。その場合はお礼として特製図書カードを差し上げます。

前ページの原稿用紙に書評をお書きの上、切り取り、左記までお送り下さい。宛先の住所は不要です。

なお、ご記入いただいたお名前、ご住所等は、書評紹介の事前了解、謝礼のお届けのためだけに利用し、そのほかの目的のために利用することはありません。

〒一〇一－八七〇一
祥伝社文庫編集長　坂口芳和
電話　〇三（三二六五）二〇八〇

祥伝社ホームページの「ブックレビュー」からも、書き込めます。
http://www.shodensha.co.jp/bookreview/

祥伝社文庫

乱雲《らんうん》の城《しろ》　風《かぜ》の市兵衛《いちべえ》

平成26年 3 月20日　初版第 1 刷発行

著　者　辻堂《つじどう》 魁《かい》
発行者　竹内和芳
発行所　祥伝社《しょうでんしゃ》
東京都千代田区神田神保町 3-3
〒101-8701
電話　03（3265）2081（販売部）
電話　03（3265）2080（編集部）
電話　03（3265）3622（業務部）
http://www.shodensha.co.jp/
印刷所　堀内印刷
製本所　積信堂
カバーフォーマットデザイン　中原達治

 ISBN978-4-396-34022-3 C0193